LA VEUVE DE SAINT-PIERRE

MARINE SAGLIO BRAMLY

LA VEUVE DE SAINT-PIERRE

FLEUVE NOIR

D'après le scénario de Claude FARALDO
Un film de Patrice LECONTE
Produit par Gilles LEGRAND et Frédéric BRILLION

ISBN : 2-265-06873-X

Ce livre est un roman, c'est dire qu'il comprend sa part de fiction. Ses sources sont doubles, cependant, car s'il s'inspire d'un scénario de Claude Faraldo, que Patrice Lecomte est en train de porter à l'écran, c'est aussi, au départ, une histoire vraie, un fait divers qui s'est passé à Saint-Pierre-et-Miquelon, petit archipel perdu dans les eaux glacées du grand nord, à la fin du XIXe siècle.

L'histoire vraie a été racontée par Emile Sasco, en 1938, dans un article de quelques pages, et elle demeure présente dans les esprits, aujourd'hui encore, à Saint-Pierre. Auguste Neel avait commis un meurtre horrible, mais, nul doute, ce n'était pas un homme ordinaire, et son destin le fut moins encore. C'est à ce destin que j'ai essayé surtout de m'attacher, et aux réflexions qu'il suscite, plus qu'à la véritable personnalité de l'assassin ou aux faits historiques. Et comme dans toute fiction, l'imagination et le réel se sont peu à peu indissociablement liés…

Marine Saglio Bramly
Paris, septembre 1999

PREMIERE PARTIE

« La tête large et comprimée. La bouche énorme. De gros yeux voilés par une membrane translucide. Une cuirasse d'écailles grises sur le dos, blanches sous le ventre avec des taches dorées. Des nageoires jaune et gris. Joignez-y beaucoup de dents, simplement implantées dans la chair et susceptibles de se mouvoir à la volonté de l'animal, un estomac très volumineux et vorace, une prodigieuse fécondité, et vous pourrez vous faire une idée des hécatombes de petits poissons que la morue engloutit avant d'être elle-même la proie de ce terrible prédateur qu'on appelle l'homme… »

— Ben, mon vieux ! s'exclama Karmadec en refermant son livre.

Après deux journées d'excursion dans l'île à la recherche de mousses et de lichens qui viendraient enrichir sa collection, et comme le brouillard était tombé depuis le petit matin — pas la moindre aurore boréale à l'horizon, contrairement à ce que prétendait l'agence de tourisme —, Karmadec avait préféré ne pas quitter sa chambre et écouter, allongé sur le lit, le cliquetis des drisses venant du port. Vers onze heures, il était descendu dans le lounge de l'hôtel, à peu près désert. L'endroit était confortable. Fauteuils profonds, pas de musique d'ambiance, un barman expert en cocktails.

Gueules ouvertes, sur le mur enguirlandé de filets de pêche, de gros poissons glacés dans leur vernis lui faisaient face. En haut, à gauche, une morue franche, comme il pouvait le déchiffrer sur la plaquette de cuivre, en plissant ses yeux myopes. Il se rappela qu'on la nomme cabillaud lorsqu'elle est consommée fraîche, et qu'elle peut atteindre un mètre de long. Plus loin, une autre variété, ferrée par un certain Yvon Mevel, en 1909. Cent dix livres. Record absolu sur l'archipel. Il se dit que le gars avait un sacré « coup de mèque ».

— Sacré coup de mèque ! répéta-t-il plusieurs fois avec satisfaction.

Il commençait à tirer profit de ses lectures. Une trentaine de livres s'alignaient dans la bibliothèque du lounge, traitant de navigation, de pêche, de l'âpre existence des marins dans les eaux glacées du Nord. Il les avait feuilletés par désœuvrement d'abord, puis avait été « appâté », c'était le cas de le dire, et y avait finalement trouvé son bonheur. La morue y revenait toujours, inexorablement. Les planches anatomiques d'un gros album avaient particulièrement retenu son attention. Il s'était amusé à imaginer comment les trophées pendus au mur avaient été pêchés, et il les avait disséqués en pensée, avant de procéder mentalement aux différentes étapes de leur embaumement.

Celui qui avait l'air si retors, au centre, et qui lui rappelait vaguement un visage croisé autrefois, présentait un accroc mal rafistolé aux lèvres. Il se figura la morue en train de lutter contre cette force qui voulait la hisser dans le canot, de se débattre, se tordre, avant d'agoniser sur le pont. C'était une prise de plaisancier. Le patron de l'hôtel, peut-être ? Sinon, rien ne justifiait qu'elle fût là ; elle ne se distinguait ni par la taille ni par l'aspect, si l'on exceptait sa mine renfrognée — une morue parmi d'autres.

Karmadec était enchanté de savoir cette île tout entière dédiée depuis des siècles à un seul poisson, et encore, à l'un des plus vilains qu'il soit.

Lorsqu'il avait sollicité un congé de dix jours — le premier depuis deux ans —, son patron lui avait demandé où il comptait passer ses vacances.

— Saint-Pierre-et-Miquelon ? Je ne vous savais pas si misanthrope.

Ses collègues de travail, eux, avaient été incapables de situer le minuscule archipel sur la carte du monde.

L'un d'eux voyait ça dans les Caraïbes.

— Tu vas nous revenir en pleine forme, bronzé et tout !

Et, avec un clin d'œil :

— Les filles doivent être à tomber. Emporte ce qu'il faut…

Karmadec ne l'avait pas détrompé. Il s'était contenté de ranger son bureau méticuleusement, mettant d'équerre chaque dossier, chaque objet, et il avait fermé son tiroir à clef, comme s'il devait s'absenter très longtemps.

Dans le magasin de sport jouxtant la société qui l'employait, il avait acheté l'équipement nécessaire pour ce voyage « sous les tropiques » : deux sous-pulls en laine polaire, un pantalon K-way, des chaussures de montagne, un anorak à capuche.

Paris–Montréal, Montréal–Saint-Pierre…

Lui non plus ne savait pas grand-chose de ce minuscule bout de France perdu dans l'Atlantique Nord. Cela ne lui évoquait guère que le nom d'un aïeul, Karmadec comme lui, qui venait parfois aux lèvres d'un de ses grands-oncles, lors des rares réunions de famille à Ploubazlanec, en Bretagne. Une obligation à laquelle il se soumettait depuis toujours sans bien savoir pourquoi. A cet ancêtre marin-pêcheur, un morutier du XIXe siècle, il ne s'était jamais vraiment intéressé, pas plus qu'au reste des conversations décousues et un peu hystériques de sa famille, qui avaient le don de le plonger dans une sorte de torpeur. Pourtant, le choix de cette destination s'était imposé à lui comme une évidence : Saint-Pierre-et-Miquelon. Quels liens secrets avait-il bien pu tisser, en toute inconscience, avec son arrière-arrière-grand-père ?

A vingt-neuf ans, ce Loïc Karmadec avait quitté le port de Paimpol pour les eaux à morues de Saint-Pierre à bord du brick-goélette *L'Occasion*. Là-bas, il s'était marié avec une veuve dont il avait eu un enfant. Pour la suite, la tradition familiale colportait une histoire étrange : un soir d'hiver, avant de se rendre au bourg voisin, la mère de Loïc Karmadec ordonna à l'orpheline qui lui tenait lieu de domestique de ne pas faire de feu en son absence, afin d'épargner les bûches. C'était une femme économe. A son retour, elle vit une grande flambée dans la cheminée. Elle tira la petite bonne hors de sa paillasse par les cheveux.

— Mais madame, protesta la gamine, c'est que votre fils est rentré. Mouillé des pieds à la tête avec ça ! Violet de froid qu'il était. C'est lui qui m'a demandé un bon feu. J'ai obéi et je me suis recouchée.

Ségolène Karmadec ne trouva devant le foyer qu'une flaque d'eau. Elle y trempa les doigts et les porta à sa bouche. C'était salé.

Quelques mois plus tard, on lui annonça que son fils unique avait essuyé une mauvaise tempête aux abords de l'Ile aux Chiens. On lui donna la date du décès : le malheur était précisément arrivé le soir où elle avait découvert la flaque d'eau salée devant la cheminée. Et le corps n'avait pas été retrouvé...

Karmadec quitta son fauteuil, s'approcha de la fenêtre et balaya de la main la buée qui couvrait la vitre : non, le brouillard ne s'était pas dispersé. Et le vent soufflait de plus en plus fort. Vent et brouillard conjugués, Karmadec n'avait jamais vu une chose pareille. Cela pouvait durer plusieurs jours, assura le barman. Il fallait en prendre son parti.

Avec la tombée du jour, l'ennui commença à le gagner, un ennui mêlé d'angoisse. Il consulta le guide à la rubrique « Où boire un verre ? », enfila son anorak, en rabattit la capuche sur sa tête, et s'engouffra au-dehors. En dépit du brouillard, la ville ne perdait rien de son aspect pimpant : les rouges, les mauves, les bleus des façades se détachaient clairement dès qu'on s'en approchait. Si le béton gagnait du terrain, maisons Phoenix et bâtiments HLM, l'architecture traditionnelle l'emportait encore du côté du port. Les maisons s'alignaient, coquettes : tambour vitré en avancée, murs de planches peints, toit de bardeaux et, toujours, l'encadrement blanc des portes et fenêtres. Le style canadien.

Les rares magasins fermaient. Il regarda sa montre : dix-huit heures trente. Le ciel était noir à présent, d'un noir-de-gris, sans étoiles, plein de l'odeur de la mer. Les lumières s'éteignaient au rez-de-chaussée, s'allumaient aux étages. Ici, on dînait tôt.

Le bitume sonnait creux sous son pas.

Posé sur le capot d'une voiture, *L'Echo du Cap*, l'hebdomadaire municipal, ramolli par l'humidité. A la lumière du réverbère, il avait jeté un œil sur le journal gondolé. Il titrait : *Vol d'une roue de secours à la Pointe aux Savoyards*. L'article se terminait par ces mots : *La roue a été retrouvée !*

Il se sentit mieux soudain, moins oppressé, en sécurité. A Paris, par trois fois, sa voiture avait été vandalisée, et par trois fois la police lui avait fait comprendre qu'elle s'en moquait éperdument. Il se déplaçait maintenant en métro. Qu'avait-il à craindre ici ? Le spectre de la Grande Morue Sifflante ? Le fantôme de Loïc Karmadec, tout ruisselant d'écume ? Pas grand-chose en vérité. Lui-même ? C'est quitte ou double avec le dépaysement : on s'oublie ou on se retrouve nez à nez avec soi-même.

Il marchait depuis près d'un quart d'heure, il avait dû se perdre. Un vieux marin passa, un casier à homards à la main, le bonnet enfoncé sur les oreilles. Karmadec manqua l'apostropher en anglais, tant il lui semblait incongru de s'exprimer dans sa langue natale si loin de chez lui.

— Le bar du Chardon Bleu, vous connaissez ?

— Gauche, gauche, et puis droite. Place Neel.

— Vous êtes sûr ? Parce que mon guide dit que ça se trouve place de l'Amiral Courbet…

— Qu'est-ce qu'il y connaît, votre guide ? coupa le vieux. Place Neel, place de l'Amiral Courbet, c'est la même chose. Votre amiral, on ne sait même pas qui c'est. Tandis que Neel, lui, c'était un homme ! Nous autres, on dit place Neel. De toute façon, le Chardon Bleu est fermé le jeudi.

Le vieil homme repartit en maugréant, en direction du port. Karmadec attendit quelques minutes avant de suivre le même chemin, qui devait le ramener à son hôtel, car il aurait été gêné de donner à l'autre l'impression qu'il le suivait. C'était bête, il le savait, mais il avait toujours cette tendance à vivre plus difficilement les malaises qu'il supposait générer chez les autres que les siens propres.

Pourtant, il aurait eu envie de rattraper le bonhomme, si désagréable qu'il soit, pour le questionner sur ce Neel dont il semblait faire grand cas.

Neel… N'avait-il pas rencontré ce nom dans un des livres qu'il avait feuilletés au cours de la journée ? Neel. L'affaire Neel…

Comme il n'avait rien de mieux à faire, il pourrait toujours reprendre ses lectures, tout en dînant d'une morue à la Saint-Pierre, dans la salle à manger de l'hôtel.

La salle à manger aussi était ornée de morues.

Il n'avait pas faim. Ou alors le spectacle des poissons empaillés lui ôtait toute envie de toucher à celui qui trônait dans son assiette, un bar, l'œil blanc entre deux bouquets de persil. Karmadec avait d'abord changé sa commande, puis, quand le plat avait été servi, avait demandé, un peu gêné, s'il était possible qu'on le lui présentât en filets, et il n'osait pas maintenant le renvoyer intact aux cuisines. Pourquoi n'avait-il pas choisi un steak-frites, ou du poulet, ou une galette de sarrasin fourrée d'œuf et de fromage ?

Il détestait le poisson. Et c'était plus une affaire de phobie que de goût. Les réminiscences olfactives de cette année passée à Dakar, au Sénégal. Il y avait fêté son cinquième anniversaire. De l'Afrique, il ne gardait d'autre souvenir que la conserverie de thon dont son père était le contremaître. Un ancien bâtiment de l'administration coloniale, tout en longueur, qui s'ouvrait en arcades sur l'océan. L'usine était reliée à la mer, distante d'une centaine de mètres, par un étroit canal qui charriait les déchets de poisson, et le sang. La petite maison qu'on leur avait attribuée s'élevait en bordure de cet égout. Aux heures les plus chaudes de la journée, l'odeur était intolérable. Il revoyait le pitoyable jardinet que sa mère entretenait avec une sorte de rage contenue, les bougainvilliers parme, blancs, rouges, les précieuses boutures venues de France. Un écran pathétique : malgré ses efforts, les marguerites tournaient de l'œil, les géraniums se flétrissaient, les roses sentaient les déjections marines.

Quelques mois plus tard, ses parents divorçaient.

Il repoussa son assiette et songea : « Les Karmadec : une famille décimée par le poisson... »

Une lourde paire de sabots, chacun prolongé d'une sorte de

tuyau en cuir épais, occupait le milieu d'une vitrine. Une photographie datée de 1891 montrait, à côté, un marin-pêcheur hilare de fatigue, chaussé de bottes identiques.

Son ancêtre Loïc Karmadec devait en porter de semblables. L'avaient-elles aidé à surnager quelque temps ou au contraire, l'entraînant vers le fond, avaient-elles accéléré sa noyade ? Il préférait la deuxième hypothèse. N'avait-il pas lu qu'autrefois les marins-pêcheurs bretons, terrifiés à l'idée d'une longue agonie dans les eaux glacées, s'interdisaient d'apprendre à nager afin de hâter leur mort en cas de naufrage ? En fait de quoi beaucoup se noyaient d'avoir dérapé sans témoins sur le quai glissant d'un port.

Il se souvint du vieil homme au casier croisé tout à l'heure : le grand-père de ce dernier, si ses calculs étaient justes, avait dû connaître son trisaïeul. Ils avaient peiné côte à côte dans le sang et les entrailles de morue, bu ensemble jusqu'à rouler sous la table des tavernes et couché avec les mêmes filles. Peut-être avaient-ils péri sur le même bateau ? Et malgré cela le vieux l'avait regardé comme un étranger...

Il se sentit au bord de l'indignation : trop d'alcool — trois bloody mary, plus les deux tiers d'une bouteille de bourgogne —, trop de désœuvrement ; on s'échauffe ensuite pour un rien.

Un peu de lecture lui remettrait les idées à l'endroit.

Place Neel, avait dit le vieux.

L'affaire Neel, où avait-il vu cela ?

Dans le lounge, Karmadec finit par remettre la main sur le livre, sorte de guide de Saint-Pierre-et-Miquelon du début du siècle, qui évoquait « l'affaire ».

Un crime avait été commis, le 31 décembre 1888, sur l'Ile aux Chiens...

L'Ile aux Chiens... C'est là qu'avait péri son ancêtre.

Le nom ne figurait pas sur la carte de l'archipel. Karmadec finit par découvrir que l'endroit avait été rebaptisé, sous la pression d'un curé, paraît-il. Dans un souci de respectabilité, l'Ile aux Chiens était devenue l'Ile aux Marins.

C'est une bande de terre longue d'à peine un kilomètre et demi, qui s'étend à deux cent cinquante mètres au large du port de Saint-Pierre qu'elle protège des vents du nord. Karmadec pouvait la voir de sa chambre, maintenant que le brouillard s'était dissipé : des rochers pelés, la lande plate, quelques maisons dominées par le clocher pointu d'une église.

Et les flancs de roches grises, dont il devinait jusqu'à l'auréole d'écume, contre lesquels s'était disloqué le corps de Loïc Karmadec…

« Accès par vedette, disait le guide. Se renseigner directement au guichet. Départs en fonction de la marée. »

Karmadec lut par mégarde : « en fonction de la morue. » Il lui arrivait souvent de lire les mots de travers.

L'Ile aux Chiens… Le ciel s'était dégagé sous la force du vent glacial. Au sémaphore ne battait plus le cône d'avis de tempête ; le manche à air noir avait été remplacé par une boule verte : on pouvait s'aventurer en mer.

Coque rouge pompier et habitacle blanc, la petite vedette attendait en bout de quai. Le nom de l'embarcation s'inscrivait à la proue : *Le Mousse*.

Ses pare-battage, boudins en plastique sales, cognaient à intervalles réguliers contre la digue, comme si elle piaffait de repartir en mer.

Cela évoqua à Karmadec le petit cheval blanc de la chanson de Brassens. Il trouva la référence banale.

Lui inclus, ils étaient cinq à embarquer. Un couple d'Allemands suréquipés : appareils-photo, caméscope, sacs à dos, bâtons de marche… Derrière, venaient une adolescente maussade et sa mère, chargée de sacs de provisions.

La gamine n'arrêtait pas de se plaindre : elle en avait marre de ne pas avoir de copines, marre de ne pas pouvoir aller à la fête de ce soir, marre de vivre sur une île, marre d'avoir des parents aussi nuls :

— Vous feriez aussi bien de vous faire enterrer maintenant, si c'est la solitude que vous recherchez…

Ils devaient compter parmi les rares habitants de l'île : des ostréiculteurs d'une part, des ex-métropolitains de l'autre, et un garde-champêtre, selon le barman de l'hôtel.

A ses manières, à son accent, on voyait bien que l'adolescente maigrichonne, aux grosses joues couvertes d'acné, avait grandi loin d'ici. Elle était très maquillée, portait une jupe courte et des chaussures à talons compensés.

— Je pensais que le samedi soir au moins vous me laisseriez sortir, hurla-t-elle. J'ai quatorze ans, merde !

Imperturbable, l'Allemand filmait la mer tandis que sa femme le photographiait en train de filmer.

S'il s'était attendu à une île pour touristes — sentiers balisés, loueurs de vélos, roulottes à frites, kiosques à souvenirs —, Karmadec fut vite détrompé : tout comme le bord de mer, l'intérieur de île semblait inhabité, presque sauvage.

Sans hésiter une seconde, bâtons en avant, le couple d'Allemands s'engagea sur un chemin de terre de bruyère qui semblait ne mener à rien.

L'insulaire chargea ses courses sur une carriole et obliqua vers la gauche, suivie de sa fille qui traînait les pieds.

Karmadec, comme intimidé, resta un long moment sur la digue de granit avant de se mettre en route.

C'était peut-être dans cette maison-là qu'avait eu lieu le meurtre, qu'avait commencé « l'affaire Neel »...

Un bâtiment long et bas, avec des murs de torchis pris dans les colombages, et un toit de chaume. Une masure de « pied-rouge », ainsi que les habitants de Saint-Pierre surnommaient ceux de l'Ile aux Chiens, dont le nombre s'élevait à la fin du XIXe siècle à près de six cents individus ; il s'agissait d'une colonie de Normands immigrés de la région de Granville. On les appelait « pieds-rouges » parce qu'ils allaient sans paille dans leurs sabots, les pieds rougis par le froid. Ces malheureux, pauvres entre les pauvres, vivaient pour la plupart dans des bicoques de planches. Puis l'île s'était progressivement dépeuplée. La mairie avait fait rénover les rares édifices en dur qui subsistaient, dans le cadre d'un projet de réhabilitation à l'identique. C'était vraiment réussi. Nulle trace de poteau électrique, de route asphaltée, d'une quelconque modernité ; l'endroit semblait s'être figé à l'époque des morutiers.

Ça s'était passé un dimanche, le dimanche 31 décembre 1888.

Cet hiver-là avait été très rude. Les bancs de Terre-Neuve avaient connu les pires brouillards de la décennie : près de trois mois sans voir plus loin que le bout de son bateau.

On doit imaginer la vie sur les morutiers d'alors, les doigts qui gèlent, le scorbut, la peau rongée par la saumure, et ces interminables nuits polaires…

Malgré les appels incessants et lugubres de ses cloches de brume, une goélette égarait parfois un de ses canots, qu'on appelle ici doris, et remettait à Dieu et à Diable le sort de ses marins perdus. Le métier faisait si mal vivre qu'on admettait sans peine qu'il puisse aussi faire périr.

Il n'y a pas plus fataliste qu'un terre-neuvas.

Si, peut-être : un terre-neuvas ivre de mauvais rhum.

Et les deux hommes qui halaient leur doris en titubant sur les galets du port de l'Ile aux Chiens en avaient bu plus que leur compte.

Il faut dire qu'ils avaient des raisons d'être saouls. Perdus dans le brouillard pendant quatre jours, leurs réserves d'eau et de biscuits épuisées, ils avaient été sauvés in extremis par une goélette qui les avait mis au travail sans même leur laisser le temps de souffler : éventrer les morues, leur couper la tête, les vider, les saler, gestes mécaniques répétés jusqu'à l'épuisement. Pas de bouche inutile à bord, il leur avait fallu gagner leur voyage de retour à Saint-Pierre.

Ils y avaient débarqué la veille au soir.

Quand on a côtoyé le gouffre de si près, on va chercher l'oubli dans les bars. La première bouteille de rhum réchauffe, mais ce n'est qu'à la troisième que la vie commence à reprendre ses couleurs. Les deux hommes avaient bu sans discontinuer. Ils en étaient maintenant à la cinquième, la sixième bouteille ? Ils ne savaient plus très bien.

L'un portait la barbe, l'autre la moustache. Le premier, un mauvais ciré de toile enduite ; l'autre, un vieux en caoutchouc. Il étaient également grands et bien bâtis, mais celui qui marchait en tête, en plus d'une barbe très fournie, avait le crâne rasé et le nez cassé.

Dialogue d'ivrognes :

— Gras, je te dis.

— Pas maigre, répondait l'autre. Mais pas gras non plus.

— C'est un gras, soutenait Nez-Cassé.

— Non, pas maigre, mais pas gras.

— Gras, il est gras !

Du sang de morue maculait encore les mains et le visage de Nez-Cassé. L'autre avait fait l'effort de les passer sous l'eau.

Ils remontaient la lande à présent. Nez-Cassé dirait plus tard qu'il avait vu des korrigans courir entre les fougères, cette nuit-là.

Il parlait d'un ton bas, monocorde.

— Très gras, même...

Ils approchaient d'une maison de planches.

— Tu vas voir s'il n'est pas gras !

Nez-Cassé cogna furieusement contre la porte. Ce geste lui donna la sensation de se ressaisir un peu ; les étoiles tournaient trop vite dans le ciel.

Un homme, la soixantaine accusée, vint ouvrir. Il était vêtu d'une longue chemise de chanvre et tenait une lampe tempête à la main.

— Qui est là ?

Les étoiles avaient recommencé leur gigue infernale. Nez-Cassé se mit à brailler, sur l'air de *Ça ira* :

— Ah, très gras, très gras !

Il était vraiment effrayant.

— Monsieur Coupard, dit l'autre d'une voix pâteuse, avec mon ami... on est venus... pour voir... si vous êtes gras...

— Hein ? siffla le vieil homme.

— Très gras, très gras ! chantait toujours Nez-Cassé.

Puis, entre deux hoquets :

— Lui dit maigre... Moi, je pense gras... On a parié une bouteille de rhum.

Son compagnon lui envoya une bourrade :

— J'ai pas dit maigre !... J'ai dit : pas gras non plus...

Et il pouffa de rire.

Coupard leva sa lampe. Puis, un peu rassuré :

— Ah, c'est vous ? Qu'est-ce que vous foutez là, tous les deux ? La nuit, il y a des gens qui dorment... Tirez-vous !

— On n'a pas ramé depuis Saint-Pierre pour rien...

Nez-Cassé fit mine de tâter quelque chose dans l'air du bout des doigts :

— On veut juste vérifier...

Le vieil homme commençait à s'énerver.

— Tirez-vous !

Nez-Cassé enfonça son index dans le ventre de Coupard :

— Gras, gras...

— Tire-toi, je te dis !

Le père Coupard devait avoir un couteau caché dans son dos. Au cas où. Il détendit vivement son bras et la lame manqua Nez-Cassé de peu. Son compagnon se précipita, tête baissée. Coup de poing, coup de boule. Ils étaient deux et, même bourrés, nettement plus costauds.

Le couteau tomba par terre. Nez-Cassé se pencha pour le ramasser tandis que l'autre ceinturait le vieil homme par-derrière ; même comme ça, il se débattait, le vieux, il donnait de méchants coups de pied.

Nez-Cassé lança dans un souffle :

— Laisse tomber...

Mais l'autre, le moustachu, avait déjà l'œil fou. Il ne lâchait pas prise. Et le vieux qui ruait comme un âne envoya son talon en pleine poitrine de Nez-Cassé.

Il en eut le souffle coupé. Une plainte monta dans sa gorge. Mais quand il releva la tête, la plainte se transforma en rire. Un rire énorme, qu'il communiqua à son compagnon, si bien que celui-ci desserra un peu son étreinte. Coupard en profita pour se dégager et attraper le bras qui tenait la lame.

La lampe avait roulé sur l'herbe, et s'était éteinte. Dans l'obscurité totale, la bagarre fut confuse. Nez-Cassé riait toujours lorsqu'il frappa au ventre. Les hurlements du père Coupard se perdirent dans ce rire. La lame entrait et ressortait, et le sang chaud giclait partout.

— Alors ? criait Nez-Cassé. Il est gras, oui ou merde ?

Le vieux gisait maintenant sur le sol.

— Gras, gras…

A chaque exclamation, un coup de couteau.

Et l'autre, reprenant sa respiration, finit par admettre, l'œil hébété :

— Oui, tu as raison, gras, il est très gras, le père Coupard…

Les époux Juin, proches voisins de Coupard, furent tenus éveillés par des chants et des cris une bonne partie de la nuit.

Ils crurent à une de ces beuveries qui précédaient souvent celle de la veille du jour de l'an…

La cigarette de Karmadec se consumait dans le cendrier en forme d'ancre. Après son excursion, il était rentré directement à l'hôtel, les poumons pleins d'iode, les jambes endolories. Il avait pris le dernier bateau, qu'il avait failli rater. Seule passagère à bord, la petite jeune fille de tout à l'heure l'avait regardé d'un air de victoire avant de replonger dans la contemplation de ses ongles vernis. Elle portait de plus hauts talons et une jupe plus courte encore que celle de tantôt, et tirait sur sa Marlboro *light* comme une débutante.

Dans sa chambre, Karmadec avait pris une douche brûlante, recueillant de la langue la rosée salée qui lui coulait du visage. Le dos calé contre un oreiller, il se laissait aller maintenant à la rêverie…

La lune étendait ses ombres sur le port de Saint-Pierre dont les eaux n'avaient pas encore gelé. Un doris flottait sans amarres parmi les blocs de glace et les goélettes. Chaque fois qu'il venait cogner contre une coque, un coup de pied le repoussait du dedans.

Ils étaient deux, écroulés à fond de cale, encore couverts de sang. L'un sanglotait désespérément. L'autre, le costaud au nez cassé, lui caressait les cheveux de ses gros doigts calleux.

— T'en fais pas, c'est bientôt fini, ils vont venir nous chercher…

Les époux Juin étaient mécontents : à cause du raffut, ils n'avaient pu fermer l'œil de la nuit. Auraient-ils après cela le courage de réveillonner entre voisins, comme il était prévu de longue date, même que Mme Juin avait préparé des gâteaux ? Le père Coupard n'allait pas se tirer si facilement de leur avoir gâché la fête, ah ! ça, non. Les réjouissances sont trop rares sur l'Ile aux Chiens, surtout en hiver.

Dès huit heures, ils allèrent faire leur déclaration à la maréchaussée « rapport au potin » qu'on avait fait à côté de chez eux.

Les gendarmes Dangla et Bonnaud eurent envie de rétorquer que s'il leur fallait se déplacer à chaque fois que des marins poussaient l'orgie un peu loin, ils passeraient leur vie sur les routes. Ils se rendirent néanmoins chez le père Coupard, par acquit de conscience.

Dangla et Bonnaud trouvèrent la cabane en désordre, le tambour à moitié démoli, la croisée brisée ; rien d'extraordinaire après une nuit de débauche. Ils ne poussèrent pas plus loin leurs investigations, se contentant d'un regard à travers le carreau cassé. La cahute était vide, aucune trace du père Coupard qui était sûrement parti à la pêche et qui recevrait leurs remontrances en temps et en heure.

Ce n'est que plus tard, dans l'après-midi, qu'un ami de Coupard venu lui emprunter une paire de bottes pénétra dans les lieux. Lui non plus ne fut pas surpris par l'état de dégradation avancé : il était fréquent par ici qu'ivres morts, les hommes se mettent à tout casser, et le père Coupard avait une belle réputation d'ivrogne. Son vieux camarade, se dit-il, ne lui en voudrait pas de se servir lui-même. Il poussa un cri lorsqu'il souleva la toile qui couvrait les malles dans lesquelles le père Coupard serrait ses affaires personnelles.

On avait calé le corps entre deux coffres, les jambes infléchies sous l'abdomen. Il était absolument nu.

Le rapport du docteur Calmette, attaché à la localité de Saint-Pierre, était plutôt précis pour un médecin de campagne de l'époque, songea Karmadec.

« … Au-dessus du sein droit, trois incisions sur une longueur de quatre centimètres. Pareil pour le sein gauche. Un coup de couteau, donné sous la clavicule, a pénétré jusqu'au cœur. Le sternum a été fendu dans sa partie médiane, comme pour diviser le tronc en deux parties. Le ventre, entièrement perforé, laisse échapper les intestins. A l'aine, deux sections symétriques très profondes indiquent qu'on a voulu détacher les jambes du reste du corps. »

Il concluait : « D'autres mutilations innommables sont également constatées. »

Ils avaient d'abord pensé fuir.

L'instant d'après, sans même avoir pour cela besoin de se concerter, ils y avaient renoncé.

La journée n'en finissait pas, les heures semblaient compter double ou triple.

Dès l'aube, dans l'obscurité la plus totale jusqu'à ce que la matinée s'achève, la vie avait repris à bord des bateaux alentour, à la lumière des torches imprégnées d'huile de phoque. S'il était exclu qu'ils sortent en mer — la saison de pêche venait de se terminer —, il restait aux marins de quoi s'occuper : nettoyer tout ce sang, ravauder les filets, retordre les hameçons, repriser les voiles…

Régulièrement, on proposait aux deux hommes écroulés dans le doris de venir partager une soupe, des biscuits, du café. Ils ne répondaient pas, transis de froid, d'égarement, repliés sur eux-mêmes.

Les autres ricanaient : on voyait bien qu'ils n'avaient pas perdu leur nuit, ces deux-là. Leur restait-il même une seule goutte de rhum à faire tourner à la ronde ? Ne feraient-ils pas mieux de se mettre au lit et de cuver ? C'est qu'ils allaient finir par attraper la crève…

La nouvelle du crime de l'Ile aux Chiens parvint aux goélettes vers quatre heures. La nuit polaire avait déjà volé sa place à la clarté ; on avait rallumé les flambeaux. La rumeur, presque une clameur, montait sur un bateau, s'apaisait, avant d'éclater sur un autre. Un mousse, gosse d'une douzaine d'années à la peau ridée comme un vieux, lança aux deux hommes, tout en vidant un seau d'eau sale à la mer :

— Vous savez quoi ? Eh bien le père Coupard on l'a découpé en tranches. C'est qu'il portait bien son nom, Coupard ! Vous devriez donner un coup de main au lieu de roupiller, tout le monde s'en va à la recherche des assassins…

Nez-Cassé se gratta le ventre, cracha dans l'eau, puis, comme s'il répondait à une embauche, leva la tête et dit :

— On est là.

Toujours ce fatalisme des terre-neuvas. Il se mit à ramer vers la grève.

Le barman de l'hôtel connaissait bien l'histoire et avait son idée.

Tout en préparant un gin-fizz à Karmadec — les bloody mary finissent par taper sur le foie —, il lui expliqua que les choses ne sont jamais aussi simples que dans les livres.

Il y avait eu une femme. Il y a toujours une femme. Celle-ci était l'épouse du capitaine de la garnison..

— Une femme ? dit Karmadec.

— Oh ! elle n'était mêlée en rien au crime. Et n'allez pas croire non plus à de l'amour. Non, enfin, pas au sens où on l'entend d'ordinaire. Imaginez une jolie Parisienne, distinguée, cultivée et tout ça, très moderne d'esprit…

Elle marchait le long du quai, un flambeau à la main, le visage tourné vers le grand voilier à l'ancre, brillant de tous ses fanaux au milieu du port, sur une mer fumante de brume, où commençaient à se former les premières plaques de glace.

Elle savait, même si elle ne le voyait pas, qu'un Neptune en bois, grossièrement taillé à la hache, sourcils froncés, joues gonflées, bouche en cul de poule, se dressait à la proue du navire.

Elle se hâtait en prenant garde à ne pas déraper : le quai était jonché de détritus de poisson pris dans le verglas. Décidément, rien ne sert de faire voter des lois, songea-t-elle, amusée par le mépris affiché des habitants de Saint-Pierre pour la législation.

Il n'en était pas un, parmi cette foule populaire venue accueillir le navire, qui ne la saluât au passage sitôt qu'il la reconnaissait dans le halo de sa torche :

— Bonjour, madame La.

On l'appelait comme ça pour ne pas dire « madame la capitaine » ; le titre était inconcevable dans un pays de marins.

— Bonjour, madame La !

Et pour chacun, Solange, qui trouvait vraiment ridicule ce surnom qu'on lui donnait, avait un petit geste de respect ou d'amitié.

C'était un jour de double réjouissance que ne parvenait pas à assombrir le meurtre du vieux Coupard, même si on l'aimait bien, encore qu'il eût été plus juste de dire : auquel on s'était habitué.

Il régnait sur le port une atmosphère de fête, parce qu'on préparait le réveillon et parce que *La Méritante* était entrée en rade aujourd'hui et qu'elle apportait, tel un Père Noël à voiles, toutes les choses commandées des mois plus tôt.

A cause des glaces, aucun autre bateau en provenance de la métropole n'accosterait à Saint-Pierre avant longtemps, si bien qu'une troupe de grosses dames manqua de faire tomber un porteur, une caisse sur l'épaule, tant elles le houspillaient en tous sens.

Beaucoup n'étaient accourus sur le débarcadère que pour « vigiler », comme on disait ici. Ils faisaient semblant d'attendre un paquet, ou quelqu'un, alors qu'ils se contentaient de tirer sur leurs pipes en observant le va-et-vient des barques chargées à ras bord qui se relayaient autour de la goélette qu'un quillage trop profond empêchait d'approcher.

— Madame La ! Voyez un peu ce qui est arrivé pour vous.

On avait commencé d'ouvrir les caisses à claire-voie. Solange approcha son flambeau : emmaillotés de tarlatane, protégés du froid par de la paille, de petits arbres et des plantes ensachées dans de la toile goudronnée dressaient leurs branches nues, jaunies par la flamme, et il ne fallait pas beaucoup d'imagination pour se les représenter tels qu'ils deviendraient à l'été, couverts de fleurs roses, jaunes et bleues, et embaumant de leurs parfums les terres arides de l'archipel.

Une enfant transie dans ses guenilles ouvrait des yeux immenses.

Les plantes paraissaient avoir très bien supporté le voyage. Il faudra songer à remercier les marins d'une pièce d'argent, se dit Solange en effleurant de ses doigts gantés les sacs d'oignons de tulipes, de jacinthes, d'héliotropes. Au-delà de leur parfum, c'était celui de la terre de France qu'ils lui apporteraient.

Elle l'aperçut soudain, au détour d'un amoncellement de ballots : son capitaine, son mari, l'homme qu'elle avait épousé par amour et qu'elle aimait chaque jour un peu plus. Saint-Roc. Il la contemplait depuis un moment, à distance. De ce regard unique. Oh ! elle ne regrettait pas son choix. Malgré cette île pelée, malgré les médisances, les mesquineries, et les siens qui l'avaient reniée.

Soudain, des applaudissements, des cris admiratifs.

On montrait la goélette du doigt. Solange mit sa main en visière et vit, éclairé comme sur la scène du Châtelet, suspendu aux filins d'un palan et soutenu par des sous-ventrières, un magnifique cheval qui se balançait entre ciel et mer.

Les hommes d'équipage s'arc-boutaient, tandis que l'animal descendait jusqu'à un radeau accosté au flanc de *La Méritante*.

Solange reconnut l'imperceptible frémissement aux lèvres de Saint-Roc : il était au comble du bonheur.

Le mécanisme d'engrenage à cliquet était actionné à la manivelle ; après un rappel de poulie, le câble se tendit, dégoulinant d'eau, et le plancher flottant sur lequel se tenait le cheval s'approcha lentement du ponton en glissant sur la mer embrumée. La bête était paralysée par la peur, l'encolure parcourue de tremblements. Elle se tenait jambes écartées, mal assurée, comme un faon nouveau-né. Au moment où le radeau allait toucher la digue, Saint-Roc sauta lestement sur l'embarcation et attrapa la monture par sa bride. Il la flatta et lui parla à voix basse tout en la guidant d'une main ferme jusque sur le quai. Le cheval sabota nerveusement le sol, et s'apaisa.

Solange s'approchait, pas complètement rassurée.

— Depuis le temps que tu l'attendais... Il est très beau.

— Oui, il est beau.

Saint-Roc enfouit ses doigts dans la crinière noire.

— Il a l'air d'aimer tes mains, poursuivit la jeune femme. Maintenant, tu auras sûrement moins de temps pour moi.

Il la regarda, amusé.

— Tu es jalouse ?

Elle avait pris la question au sérieux. Ou sinon elle jouait de l'artifice.

— Evidemment que je suis jalouse !

— Ça te va bien.

Ils se regardèrent avec une grande complicité, se fixant dans les yeux. Il en fut soudain si ému qu'il lui demanda, comme pour dissiper son trouble :

— Et toi, ta verdure ?

— Mes plantes, s'il te plaît ! Elles ont l'air en forme, j'espère qu'elles réussiront à s'acclimater.

Une nouvelle salve d'applaudissements retentit, accompagnée cette fois de sifflets moqueurs. Si le petit peuple raillait, les dames en toilette et les messieurs à canne poussaient de leur côté des exclamations très révérencieuses. Le gouverneur d'Emeray de Charmoy, gros homme à la bouche étroite et aux sourcils en bataille, se tenait au centre de sa cour, affectant un air modeste qui ne trompait personne.

— Qu'est-ce que c'est ? demanda Saint-Roc. Encore un cheval ?

Solange étouffa un petit rire et chuchota :

— Mieux que ça ! Ce sont les bûches que d'Emeray de Charmoy fait venir de France pour ses cheminées.

Il est vrai qu'il n'y avait pas un arbre sur toute l'île de Saint-Pierre.

— A gouverneur frileux... railla Saint-Roc.

Puis, désignant du menton l'adjudant Milot qui arrivait vers eux à petites foulées :

— Tiens donc, mes affaires reprennent !

Milot, brave homme et alcoolique notoire, lui était attaché depuis des années, à tel point qu'il avait tenu à le suivre à Saint-Pierre, malgré la mise en garde de Saint-Roc : « L'avenir n'attend personne, mon vieux, dans ce trou perdu. » Essoufflé et suant, l'adjudant salua et rendit compte sans tarder. Son brusque garde-à-vous lui avait fait remonter le pantalon entre les fesses. Il ne retint pas une grimace d'inconfort :

— Capitaine, on a saisi les assassins de l'Ile aux Chiens, ceux qui ont poignardé Coupard !

— C'est bien. Vous n'êtes guère ébouriffé, à ce que je vois, l'arrestation s'est donc déroulée sans incident ?

— Oui, mon capitaine.

— C'est-à-dire ?

Milot baissa les yeux.

— Euh... c'est-à-dire que... les coupables se sont rendus d'eux-mêmes.

— Félicitations ! rétorqua Saint-Roc. Et où sont-ils ?

— Ils arrivent. Sur le quai, là-bas.

Nez-Cassé et son compagnon marchaient déjà d'un pas de bagnard, regard ahuri. Au fur et à mesure qu'approchaient les prisonniers encadrés de soldats, le port se figea dans un silence profond. Une espèce de honte générale s'emparait de la foule, si joyeuse l'instant d'avant, comme si une part de chacun était coupable du forfait des deux hommes.

— Comment ont-ils pu faire cette horreur ? s'indigna Solange.

Saint-Roc ne répondit pas.

— Tu penses les enfermer dans les cellules de la cour ?

— Oui.

— Dire qu'il va falloir vivre avec ces assassins sous nos fenêtres... Ça va être gai !

La fortin existe toujours. C'est un bâtiment circulaire

construit en pierre de l'île, qui fut édifié en 1707 par le commissaire général des fortifications, successeur du maréchal Vauban.

Il battit pavillon français ou anglais, au rythme des conquêtes et des défaites. Depuis 1815, les couleurs de la France étaient assurées par le second traité de Paris.

Karmadec fut frappé par l'endroit. Sa tendance à la claustrophobie se trouva accrue au sein de ces murs épais, sans jour, incurvés à la manière d'un vase dans le but d'en interdire l'ascension aux troupes ennemies.

Un chemin de garde, sorte d'échafaudage en granit, courait tout le long des remparts. L'escalier qui menait à ce qui devait être autrefois les appartements de fonction du capitaine de la caserne était en cours de réfection. Dommage, il aurait aimé le visiter.

Dans la cour centrale, plutôt claire en revanche, s'alignait une rangée de petites pièces aveugles ; l'une d'entre elles, se dit Karmadec, avait accueilli un meurtrier.

DEUXIEME PARTIE

Un brick à moitié submergé par les vagues, sa carlingue éventrée et ses vergues brisées, se bat courageusement contre la tempête. Seul survivant visible de la tragédie, un homme d'équipage se cramponne au grand mât et implore la Sainte Vierge d'or et d'argent qui apparaît entre les nuages. Cette partie du tableau fait contraste, et c'est là tout le charme de l'œuvre, avec le port de Saint-Pierre qu'on aperçoit au premier plan, bordé d'une sage rangée de maisons, l'église bien en vue, et où les insulaires accomplissent paisiblement leurs tâches quotidiennes.

Tout en haut, à la lisière du lourd cadre doré, des goélettes ferment la composition ; on distingue par le détail les marins qui pêchent alentour, à bord des doris. Ce n'était pas de la grande peinture, mais la naïveté de l'artiste s'accordait à merveille, songea le capitaine Saint-Roc, à l'âpre existence des crocheteurs de morue dont on s'apprêtait à juger ici deux spécimens.

La grande pièce, un hangar dont la majestueuse charpente rappelait une coque de navire retournée, servait de salle des fêtes, de lieu de réunion ou d'entrepôt, selon les occasions. Aujourd'hui, elle faisait office de palais de justice.

Malgré l'heure matinale et la nuit polaire, le public était nombreux : on venait pour tâcher de comprendre, et se rassurer, autant que pour assister au spectacle. Solange n'avait pas voulu s'y rendre ; elle avait ses principes. Quant à Saint-Roc, sa fonction de capitaine du régiment l'y obligeait.

Les bancs, qu'on avait empruntés à l'église, étaient occupés par les notables et leurs dames en grande toilette, le mur du fond par les marins, sans leurs femmes, debout, serrés les uns contre les autres ; la fumée de leurs pipes, jointe à la sueur et à l'humidité qui s'évaporaient de leurs gros vêtements, rendait l'atmosphère très pesante.

Le jour se profilait, on patientait maintenant depuis deux heures. Saint-Roc s'absorbait dans la contemplation des particules en suspens dans la lumière blanche qui tombait à l'oblique des hautes fenêtres étroites. Il ne revint à la réalité que lorsque entrèrent Nez-Cassé et son compagnon, dans un cliquetis de chaînes. Le murmure des voix cessa alors d'un coup. Encadrés par des gendarmes, les deux criminels avancèrent jusqu'au banc des accusés avec la même docilité que les bœufs qu'on mène à l'abattoir. Ils en avaient aussi l'œil blanc et rond, et ce regard qui semble rouler dans des orbites trop larges. A peine étaient-ils installés que le président du Conseil, M. Vénot, fit son entrée, sans un regard pour personne. Il prit sa place au milieu de la tribune, et avança le cou, le visage dur et froid comme l'exige sa fonction.

— Eh bien, Neel Auguste, vous m'entendez ?

— J'entends, répondit l'autre d'une voix rauque.

— Dites « monsieur le président » et levez-vous pour parler.

L'homme au nez cassé se leva et répéta comme on le lui demandait :

— Oui, monsieur le président.

— Qui a eu l'idée d'aller à l'Ile aux Chiens ? Vous, Neel Auguste ?

Le prévenu passa son doigt sur la bosse de son nez. Il parut réfléchir.

— Possible...

L'autre, son camarade, s'était levé à son tour sans y avoir été invité. Il avait ôté sa casquette et la triturait, mal à l'aise :

— C'est plutôt moi qui ai eu l'idée, vu que j'y loge, mais...

— Parlez plus fort, Louis Ollivier, ordonna cette fois le président Vénot.

L'homme s'éclaircit la gorge. Il allait redire sa phrase un ton au-dessus, lorsqu'il fut coupé à nouveau :

— La dernière fois qu'on vous a vus tous les deux, le soir du crime, c'était au café du Nord, n'est-ce pas ? Il était...

Il se tourna vers l'assesseur :

— Eh bien ?

L'assesseur sursauta, avant de lâcher :

— Exactement dix heures environ, monsieur le président.

Le fou rire qui courut dans l'assistance fit un peu retomber la tension.

Mais un coup de maillet fit cesser le chahut.

— Silence ! Neel Auguste, vous êtes entré par la porte, chez Coupard ?

Neel semblait confit dans la honte.

— Non, monsieur le président.

— Alors par où ?

— C'est-à-dire… On n'est pas entrés. C'est lui qui est sorti.

— Il ne devait pas être rassuré, le père Coupard, à une heure pareille de la nuit.

Louis Ollivier, mal à l'aise dans ses habits du dimanche, se leva pour parler.

— Il avait son couteau, quand même, balbutia-t-il en se rasseyant avant d'avoir terminé.

— Restez debout, Louis Ollivier ! Ainsi, Coupard avait son couteau à la main ?

— C'est Neel ou moi qui dois répondre ?

— Vous, Louis Ollivier. Parlez : le père Coupard avait-il son couteau à la main ?

— Oui, il l'avait.

— Qu'avez-vous fait, alors ?

Louis Ollivier articula avec peine :

— Je l'ai attrapé par-derrière.

— Pourquoi ?

Le regard traqué, les cordes vocales nouées :

— Pour… pour le tenir, monsieur le président.

— Donc Louis Ollivier tient Coupard par l'arrière. Et vous, Neel Auguste, vous étiez devant ?

L'homme au nez cassé opina lourdement de la tête.

— Vous aviez peur de son couteau, au père Coupard ?

— Non, répondit Neel. J'ai tapé sur son bras.

— Vraiment ? Montrez-nous.

Neel s'assena sur l'avant-bras un formidable coup de poing, à s'en faire péter l'articulation.

— Comme ça ! fit-il.

— Je suppose que le couteau est tombé. L'avez-vous ramassé ?

— Bien sûr.

— Pourquoi ? Pourquoi avez-vous ramassé le couteau ?

Neel parut surpris.

— Ben, on ne laisse pas un couteau par terre, quand même…

Les marins debout au fond de la salle approuvèrent cette évidence. Quelques « pour sûr » fusèrent. Saint-Roc ne put réprimer un sourire.

— Silence ! Et vous, Louis Ollivier, vous avez alors relâché votre ancien patron, puisqu'il était désarmé ?

L'homme ne répondit pas. Les mots semblaient ne plus pouvoir se former sur ses lèvres. Ses larges épaules s'affaissèrent d'un coup, pour se relever ensuite par soubresauts : le colosse sanglotait. Son compagnon au nez cassé vint à son secours :

— Il l'a relâché, monsieur le président. Après.

— Après quoi ?

Neel était à la torture.

— Après le coup de couteau, fit-il dans un souffle.

Captivé par le récit, le greffier tenait sa plume immobile en l'air.

— Eh bien, écrivez, greffier, nom de Dieu, écrivez !

A Neel :

— Quel coup de couteau ?

Des larmes s'étaient mises à couler sur le rude visage.

— Vous savez bien, monsieur. Celui que j'ai mis au père Coupard… Ah, chienlit !

— Un seul coup de couteau ?

Neel se boucha les oreilles, ferma fort les paupières.

— Je ne sais plus… Je ne me rappelle rien… On avait tellement bu. Saloperie…

Et il s'écroula sur sa chaise.

— Debout, Neel Auguste ! Vous devez rester debout ! hurla

Vénot avant de se radoucir aussi brusquement qu'il s'était emporté.

Une expression quasi paternelle lui étira les lèvres :

— Allez, vous deux, si vous voulez qu'on en finisse, dites-nous pourquoi vous avez découpé le père Coupard. Hein, pourquoi vouliez-vous le découper, ce brave homme ?

Neel explosa ; son arête nasale, saillante et déviée, se stria d'une vilaine couleur violacée :

— Pour voir s'il était gras.

— Plaît-il ?

— Pour voir s'il était gras. On avait parié : on voulait savoir s'il était maigre ou gras.

Pas de réaction chez les marins, mais les notables se figèrent de stupeur sur leurs bancs. Il fallut mettre un flacon de sels sous le nez de Mme Stire, tapoter les joues crayeuses de Mlle Hélias ; on avait imaginé toutes sortes de mobiles, mais certainement pas celui-là. Pour voir s'il était gras ?

Saint-Roc, lui, n'était pas vraiment surpris. Et il se prit à penser que n'importe qui d'autre aurait pu se trouver enchaîné à la place de ces deux-là. Sauf les notables : eux auraient tué avec une bonne raison. Mais les autres… Quand l'alcool réduit l'homme à une simple mécanique… Une vie passée à vider des poissons, alors découper un homme ?

Neel et Ollivier avaient l'air tout perdus à présent, et Saint-Roc se souvint d'un drame arrivé dans le château de son village, lorsqu'il était enfant. Le châtelain nourrissait et choyait quatre molosses ; on avait retrouvé son cadavre un soir, à moitié dévoré, et les chiens gémissaient autour de leur maître dont ils avaient rongé les os, sans comprendre… Il avait suffi d'un moment de folie, l'instinct de tuer vient du fond des âges.

Vénot continuait d'exhorter les deux hommes à expliquer leur geste. Il devait bien y avoir un mobile plausible, sinon une circonstance atténuante. Peut-être avaient-ils une dent contre le père Coupard ? Comme il aimait son métier, le président déplorait que l'avocat commis d'office, le seul dont Saint-Pierre disposait depuis que ce bon maître Braguet avait regagné la métropole par manque de travail, ne fût pas intervenu une seule fois, se contentant de faire acte de présence.

La partie était par trop inégale. C'est avec dégoût qu'il abattit son maillet sur le pupitre :

— Délibérations !

Les délibérations devaient prendre plus de temps que le procès lui-même. Les jurés, choisis en majorité au sein de la bourgeoisie locale, allaient certainement dévier sur d'autres sujets de conversation : l'hiver si rude, le bois qui manque, l'établissement d'une dot, la nostalgie du boudin aux pommes. Et goûtez-moi donc ce porto…

Saint-Roc décida d'en profiter pour faire un tour. La séance qui venait de s'achever lui avait vraiment mis les nerfs en pelote, et il avait hâte d'essayer sa nouvelle monture. La cour du fortin ferait fort bien office de manège.

Jusqu'à présent, par manque de prisonniers, les six cellules qui la bordaient servaient de remises, de boxes pour les cinq chevaux de la garnison, d'abris où les soldats tapaient le carton. Il faudrait bientôt en libérer deux ; l'issue du procès ne faisait aucun doute.

La bête lui convenait à merveille. Passé les premiers instants de panique, sur le quai, l'étalon s'était montré docile, averti même. Au bout d'une heure, l'animal obéissait avec intelligence au moindre coup de talon. Saint-Roc parvenait à s'imposer sans brutalité. Il était excellent cavalier, rigoureux, ferme, précis et doux.

Des exclamations vinrent couronner une figure de manège un peu compliquée ; c'était Solange, penchée à la fenêtre. Ses cheveux noirs faisaient ressortir la blancheur innocente de son teint : à cette distance, elle avait presque un visage d'enfant.

— Dans les romans, dit-il en levant la tête vers elle, les hommes amoureux enlèvent la femme qu'ils aiment sur la selle de leur cheval.

— Uniquement dans les romans ?

— Hélas oui, gente dame.

Et il lui sourit, la main sur le cœur, en faisant saluer la bête très bas.

— Attends-moi, je descends, fit-elle.

Un instant plus tard, il l'aidait à se mettre en selle.

Les cuisses pressées contre celles de son mari, Solange se laissait dévorer de petits baisers. Saint-Roc avait lâché les rênes et guidait l'animal par pression des genoux, ce qui le laissait libre de butiner sa femme, de la respirer, de la serrer très fort entre ses bras.

Ils avaient laissé le fortin loin derrière eux et chevauchaient dans une neige molle qui obligeait la monture à donner du jarret. Des vagues agitaient encore la surface de la mer, mais les nombreux étangs et marais qui parsèment la lande avaient déjà gelé.

Solange et Saint-Roc s'amusèrent à galoper sur la glace épaisse poudrée de neige. Ils criaient pour s'entendre :

— Alors ? Comment s'appelle-t-il, ton cheval ?

— Quand je le lui ai demandé, il a refusé de répondre.

— Il faut lui donner un nom : sinon ce serait comme de refuser de baptiser un enfant.

— A toi de choisir, mon amour.

— Morue-Salée !

— Et pourquoi pas Hareng-Saur ?

— Non, non. Morue-Salée.

— Tu n'es pas sérieuse ?

— Au contraire, très sérieuse. Tu n'aimes pas Morue-Salée ?

— Ah ! si, beaucoup. C'est distingué, et puis ça sonne bien.

Il fit aller le cheval au pas. En riant gentiment, il mordillait les petits cheveux de la nuque fraîche de Solange, promenait ses mains sous les vêtements, cherchait la peau, mordillait encore, en faisant un peu mal.

Ils mirent pied à terre. Le cheval creusait la neige de son sabot, à la recherche d'un reste de verdure, lorsqu'il adossa la jeune femme contre le pelage fumant.

— Retiens-toi au pommeau de la selle.

Fixant Solange dans les yeux, Saint-Roc remontait les jupes

d'une main, tandis qu'il s'aventurait de l'autre, avec impatience, au plus chaud de la chair.

La jeune femme se mordit les lèvres. Et elle détourna la tête lorsqu'il voulut l'embrasser.

— Qu'est-ce qui ne va pas ? lui demanda-t-il en desserrant son étreinte. C'est mon cheval qui ne te revient pas ?

Solange grimaça un sourire :

— Tu es bête.

Elle était pâle, tendue, avec un fond de reproche dans le regard, comme si elle lui en voulait de son insouciance. Comme si son désir de mâle lui rappelait une autre bestialité.

— Les assassins, qu'est-ce qu'ils risquent ? demanda-t-elle.

— Le pire.

— La guillotine ?

— Sans doute.

— Ah ! oui… Oui, bien sûr…

Elle hocha la tête à plusieurs reprises. Après cela, il y eut un long silence.

Ils rentrèrent au pas. Solange avait froid. Le retour fut mélancolique, sans baisers ni mordillage de la nuque. A la fin, tout de même, elle entortilla ses doigts aux siens. Depuis leur arrivée à Saint-Pierre, c'était la première fois qu'elle se refusait à lui.

Le soleil n'allait pas tarder à se coucher lorsqu'ils parvinrent en vue du fortin. Il était pourtant à peine trois heures.

Saint-Roc regagna le tribunal, où les délibérations n'avaient toujours pas pris fin, tandis que Solange retournait à ses fleurs.

La serre démontable qu'elle avait dessinée et fait fabriquer à Paris lui changea peu à peu les idées. Sur le papier, la construction paraissait simple : des montants auxquels s'adaptaient des châssis garnis de verre. La charpente tenait à l'aide de chevilles. Le menuisier avait sûrement bien fait les choses, mais il n'avait pas cru bon de numéroter les différentes parties de l'ouvrage ; il les avait expédiées en vrac, si bien que le soldat Gismondot, que Saint-Roc avait prêté à sa femme pour effectuer cette besogne, peinait à les assembler.

— Essayez, lui dit-elle, de classer d'abord les morceaux de bois par ordre de taille, on y verra peut-être plus clair.

Tandis qu'il s'y mettait, elle termina d'ouvrir les caisses, s'efforçant de reconnaître chaque plante dans les branches sèches ou le bulbe qu'elle découvrait, car le pépiniériste avait omis lui aussi d'étiqueter son envoi. Elle s'amusa à parier sur ce qu'ils se révéleraient être une fois fleuris.

— Toi, une agapante, toi, un petit oranger, toi…

On avait allumé des flambeaux et de longues ombres noires dansaient dans la cour. Soudain, par-delà les hauts murs, s'éleva la voix d'un enfant qui dévalait la rue.

— Ça y est ! criait-il. Ils ont jugé les assassins ! Neel Auguste va être raccourci et Louis Ollivier s'en va au bagne !

Solange se figea, glacée, tandis que le gamin s'éloignait en scandant la sentence.

— Neel Auguste va être raccourci…

Il y avait affluence au café du Nord : grands corps engoncés dans la débraille des cuissardes, chapeaux à nuquière, vareuses et grosses laines. Ça sentait le chien mouillé. Les hommes ne parlaient guère entre eux, ou alors par onomatopées ; ils buvaient, déjà ivres de la fatigue de la journée. On entendait surtout la patronne, une petite bonne femme généreuse de formes et de fond, à la langue bien pendue. Qui avait dû être jolie.

Mlle Barbotte — elle tenait au « mademoiselle » —, le torchon vissé à l'épaule, avait pour habitude de tout commenter, le temps, la politique, le comportement de ses clients, la conduite de leurs épouses et filles... Elle donnait des conseils comme on distribue des claques. Depuis quelques minutes, elle s'évertuait à faire taire deux ivrognes qui se lançaient des insultes sur un ton monocorde, le coude sur le comptoir, la joue dans la main, les paupières à demi closes.

L'irruption du petit messager à bout de souffle fit taire tout le monde, hormis les deux soûlards :

— Neel, on va lui couper la tête. Pour Louis Ollivier, le bagne !

Passé l'instant de stupeur générale, un homme fluet, en uniforme des douanes, se leva, très excité. Il avait de petits yeux très rapprochés et une moustache épaisse :

— Bravo au jury populaire ! clama-t-il avec emphase. On est en république, et en république, quand quelqu'un tue quelqu'un, la République le tue ! Vive la République !

Un marin brailla du fond de la salle :

— Jury populaire, mes fesses, c'était trié sur le volet !

Un autre :

— T'es volontaire pour faire bourreau, toi ?

Ce n'est pas qu'ils prenaient la défense des meurtriers, c'est juste que le chef douanier les avait toujours agacés avec sa tête de fouine et ses manières d'adjudant. Il n'avait que l'administration à la bouche, comme si c'était la huitième merveille du monde. De toute façon, les marins n'aiment pas les douaniers, c'est dans la nature des choses. Toujours à les épier, ceux-là. Pas même le droit de piller tranquillement une épave...

La patronne flanqua un coup de torchon au chef douanier.

— Pour sûr qu'il sera volontaire. Hein, m'sieur Rive, que ça vous fait saliver ? Même qu'il crèvera l'assassin à coups d'épingle à cravate s'il le faut !

Un éclat de rire secoua l'assemblée.

— Venez, venez, trépigna le gamin. Ils vont bientôt sortir, on les conduit chez le capitaine, au fortin.

La patronne en tête, le café se vida d'un coup. On courait plus qu'on ne marchait, et le flux grossissait et s'échauffait à mesure qu'on approchait.

Une charrette attelée, vide, attendait devant la grande porte close du « tribunal ». Les badauds formèrent la haie de chaque côté. On entendit le martèlement des chevaux dans la cour intérieure, puis la porte s'ouvrit à deux battants, laissant apparaître le capitaine Saint-Roc à la tête de son peloton, suivi des gendarmes qui entouraient les deux assassins, voûtés, misérables, entravés aux pieds et aux poignets.

Cela grondait dans les rangs des badauds, bien qu'on mêlât encore l'humour à l'invective. Puis le ton monta, les poings se crispaient : ces deux-là avaient tué, le père Coupard était ce qu'il était, mais il ne méritait pas de finir ainsi, vidé de son sang et équarri comme un porc.

Lorsque la foule tient un coupable, elle veut le châtier elle-même, c'est comme ça, c'est dans le caractère des hommes. Seul, on réfléchit avant d'agir ; en nombre, perdu dans l'anonymat, on ne s'appartient plus, on se laisse aller, et ce n'est jamais le meilleur qui remonte à la surface.

Saint-Roc savait tout cela et voulait éviter un dérapage. Il s'empressa de faire grimper Neel et Ollivier dans le tombereau pour les soustraire à la vindicte populaire qu'il sentait croître de seconde en seconde. Ces gens-là n'aimaient ni la police ni les juges, mais ils se feraient volontiers justiciers dans l'instant. Les marins, les femmes, les enfants aussi, avaient l'œil mauvais. La tentation était grande de transformer les deux criminels, hier compagnons de travail et de beuverie, en un exutoire à toutes leurs misères et toutes leurs frustrations.

Saint-Roc claqua la croupe du cheval de trait qui s'ébranla lourdement. Il perçut au passage comme un regard de gratitude chez Neel. Ce n'est pas que l'homme craignait d'être lynché, il se serait lui-même passé la corde au cou, c'est que la haine ambiante lui vrillait le cerveau. Il voulait bien payer mais il lui fallait un répit, même de courte durée.

Le convoi s'engageait dans la grande rue de Saint-Pierre lorsqu'un premier projectile ricocha sur le montant de bois de la charrette.

La deuxième pierre qui vola atteignit quelqu'un dans la foule : erreur de trajectoire.

La troisième ouvrit l'arcade sourcilière de Neel. Il sentit le sang lui couler sur le visage, lui brouiller la vue ; il ne perçut pas la douleur — juste le sang qui se refroidissait sous l'effet de la bise glaciale. On vociférait tout autour de la charrette, le capitaine Saint-Roc, mais était-ce bien lui ? tâchait de faire reculer la foule, hurlait des ordres, menaçait, faisait virevolter son cheval de façon à faire reculer les plus hargneux. Les soldats resserraient leurs rangs, fusils levés. Etait-ce pour se rassurer ou bien pour se préparer à mater la populace ? Oseraient-ils vraiment tirer ? Neel ne savait pas. Neel ne comprenait plus rien. Il voyait juste que son compagnon, Louis Ollivier, avait la tête de ces enfants qui se réveillent pendant la nuit d'un cauchemar et qui mettent du temps à rejoindre la réalité. Sauf que là, le cauchemar était la réalité.

Des gens aux fenêtres, juchés sur des bornes, grimpés sur des palissades, sur les congères qui bordaient la rue, des gens partout. Bouches tordues et poings levés. D'autres, l'œil rond et la bouche stupide. Les premiers exhortaient les seconds. Ceux-là crachaient sur leur passage. Pas sur les condamnés ; sur le sol, pour plus de mépris.

Une pierre frappa violemment le cheval déjà nerveux qui s'emballa aussitôt, dévalant soudain la grande rue de Saint-Pierre à une allure folle.

Neel continuait de se sentir étrangement spectateur : les cris dans la foule, les roues de la charrette qui cahotaient si fort sur le pavé, l'air affolé du capitaine qui s'était lancé à leur poursuite, les gens qui s'écartaient dans un mouvement de panique, tout cela lui parvenait comme à travers de la ouate, au ralenti ; il n'entendait vraiment que le cliquetis des chaînes qui l'entravaient, il ne voyait vraiment que le visage d'Ollivier, décomposé par un sentiment qui semblait se situer au-delà de la peur.

Une haie de marins, déterminés, bras écartés, barrait le bas de la rue. Cela n'eut pas l'effet escompté. Au lieu de ralentir, le cheval vira à l'oblique. On allait de plus en plus vite. Neel perdit l'équilibre. Il basculait en arrière lorsqu'une roue heurta une borne cerclée de fer. Le bois explosa sous le choc, l'essieu se brisa, la charrette versa, éjectant ses deux passagers.

Dès qu'il eut repris ses esprits, Neel se traîna à genoux jusqu'à son compagnon inerte, face contre terre.

— Louis ?... Louis...

Il retourna le corps de ses mains entravées.

Louis Ollivier n'avait plus de visage. A la place, une bouillie de sang et de boue. Le capitaine était descendu de cheval et s'efforçait de le relever. La foule faisait désormais silence.

Neel tendit son visage vers le ciel plein d'étoiles, et on l'entendit gémir, puis s'exclamer d'une voix sourde :

— Dommage que ce ne soit pas moi. Ce serait déjà fait, comme ça.

Il termina le trajet à pied, conduit par une longe attachée à ses poignets et au cheval du capitaine.

On avait désentravé ses chevilles.

La foule s'était égaillée d'un coup. Les gens rentraient chez eux en silence. Ceux qui demeuraient restaient cois, avec de la gêne dans le regard : un homme était mort par leur faute.

Dans la lumière des flambeaux, le colosse au nez cassé, couvert de poussière et de sang, avait pris une dimension formidable. Le pas lourd, droit comme un arbre, plein de force brute et d'antique résignation, il ressemblait à l'un de ces martyrs que l'on voit se dresser dans la pénombre des vieilles églises.

— La foule ne connaît pas la nuance, songea Saint-Roc. Demain, nouveau revirement, elle réclamera sa tête.

La femme du capitaine finissait de ranger ses outils de jardinage lorsque s'ouvrit la haute porte en fer du fortin. Elle avait travaillé dans l'obscurité, à la lueur de la lune autant que des torches, émue par l'aspect spectral que prenaient alors ses boutures, lesquelles s'en trouvaient comme grandies.

Les soldats poussaient Neel devant eux avec rudesse.

A quoi bon le maltraiter ? se demanda Solange, tandis que Neel lui jetait un coup d'œil furtif, sans paraître la voir vraiment.

Elle s'en voulait un peu des sentiments qui l'étreignaient malgré elle : dégoût et peur. Elle saisit le prétexte de remplir un arrosoir pour tourner le dos au meurtrier qu'on enfermait à double tour dans un cachot.

Comme s'il avait deviné sa détresse, Saint-Roc vint la serrer dans ses bras. Il la berça un peu contre lui.

Ce ne fut que lorsqu'elle se dégagea enfin, et qu'elle vit les quatre autres portes de cellules ouvertes, qu'elle l'interrogea :

— Et l'autre ? Où est l'autre ?

— Mort. Accident. La chance. Tant mieux pour lui... Viens, ne reste pas là.

Intriguée et craintive, Solange ne parvenait pas à détourner les yeux de la cellule où on avait enfermé Neel.

— Tu as vu ? Il ne regarde même pas à travers les barreaux.

— Il doit se sentir mieux, caché dans le noir.

Elle frissonna ; ce n'était pas seulement de froid.

Ils remontèrent l'escalier de pierre qui menait à leur appartement : une enfilade de petites pièces faciles à chauffer ; tout au bout, la cuisine où ils aimaient se tenir auprès du poêle.

La cour resta vide et silencieuse.

Les volets se fermaient, les lumières s'éteignaient dans Saint-Pierre. Mais chez le gouverneur, dans son vaste bureau du premier étage, la journée était loin d'être achevée : on venait d'ouvrir la séance du Conseil.

D'Emeray de Charmoy, le maître des lieux, présidait en uniforme d'apparat — toute occasion lui était prétexte à le revêtir : il trouvait infiniment de plaisir à jouir alors de son importance.

Autour de la table, en partant de sa droite, on trouvait Noyal Espinasse, le jeune commissaire de la marine, puis le président Vénot, qui avait dirigé le procès, et enfin Rive, le petit chef des douanes aux grosses moustaches d'adjudant, celui-là même qui avait reçu un coup de torchon au café du Nord.

Un feu de tourbe brûlait dans la cheminée ; le gouverneur ne voulait pas gâcher ses belles bûches de France, il attendrait une occasion plus brillante.

Pour l'instant, le débat tournait à l'aigre, et d'Emeray de Charmoy paraissait hors de lui.

— Vous en avez condamné un à mort, malheureusement c'est celui qui devait aller au bagne qui a eu le bon goût de nous faire l'économie de son transport jusqu'à Cayenne. Ce qui fait que le problème reste entier…

— Je me suis plié au verdict du jury, hasarda le président Vénot.

— On voit bien que ce n'est pas vous qui devez vous charger de la suite, répliqua le gouverneur. Comment voulez-vous que je l'applique, votre sentence ? Votre Neel Auguste, qui va lui trancher la tête, hein ?

Personne ne répondit, de sorte que d'Emeray de Charmoy répéta :

— Alors, qui va lui trancher la tête ? Et comment, avec quoi ? Nous ne possédons ici ni échafaud ni bourreau. Il n'y en a pas à Saint-Pierre. C'est bien beau de prononcer une condamnation à mort, mais expliquez-moi, s'il vous plaît, comment vous voulez qu'on le raccourcisse, votre bonhomme ?

Nouveau silence embarrassé.

— Vous désirez à l'unanimité que je rejette le recours en

grâce, très bien... Mais si je suis incapable ensuite, faute de moyens, de décapiter la brute, de quoi aurai-je l'air, hein ? D'un gouverneur de carnaval !

Le chef douanier leva le doigt :

— Excusez-moi, je ne suis pas très au fait des usages en matière de justice, mais est-ce qu'à la hache, on ne pourrait pas... ?

— La Révolution de 1789 est passée par là, lui répondit le président Vénot. L'épée, la hache, c'était du temps de l'Ancien Régime. Et pourquoi pas la roue, tant que vous y êtes ? Ou le garrot, comme en Espagne ? La République nous a apporté le progrès de la guillotine. On ne peut pas y couper, si vous me pardonnez ce mauvais jeu de mots.

— Alors, il n'y a pas à débattre, intervint Noyal Espinasse, le jeune commissaire de la marine. Faisons venir d'urgence de la métropole une « veuve » et un exécuteur public.

— Une veuve ?

Le petit douanier ne connaissait pas l'expression. Il fallut lui expliquer :

— La veuve, la lucarne à Samson, la porte étroite, le rasoir national, quoi !

Noyal Espinasse insista, avec un petit sourire en coin, certain d'exaspérer d'Emeray de Charmoy sans prendre de risques :

— A la Martinique, ils ont obtenu leur guillotine depuis longtemps, eux...

La bouche étroite du gouverneur se rétrécit encore.

— Oh ! la République se fout bien de nos îles à morues ! lança à son tour le président Vénot, comme pour mieux enfoncer le clou.

D'Emeray de Charmoy lissa ses sourcils en bataille pour tâcher de garder une contenance. Il trouverait plus tard le moyen de leur faire payer ces sous-entendus désagréables. Le considérer ouvertement comme un gouverneur de trois sous, envoyé aux oubliettes dans ce trou perdu, lui, descendant direct du comte Nicolas-Cesle de Charmoy, compagnon d'armes du grand Turenne ! Ah, les cochons !

Noyal Espinasse toussota :

— Puisque Paris veut que nous appliquions la justice dans l'archipel, dit-il, qu'il nous en donne les moyens, bon sang ! Ah, le docteur Guillotin nous a bien mis dans le pétrin avec son invention, je suis d'accord avec notre ami chef des douanes, il y a des modes d'exécution plus simples et plus expéditifs. Mais bon, il faut ce qu'il faut, et je vous renouvelle ma proposition : demandons à Paris de nous envoyer une machine.

— Cela traînera, s'agaça le gouverneur. Demande, réponse, demande, réponse ; nos courriers mettent des mois, surtout en cette saison ! A ce compte-là, ce n'est pas demain que la tête de votre assassin roulera au panier.

Il en était là de ses réflexions lorsque la porte s'ouvrit brusquement : deux gros garçons aux cheveux artistiquement bouclés, des jumeaux, qui auraient eu une tête de chérubin s'ils avaient pesé quelques livres de moins, firent irruption dans la pièce et s'élancèrent vers le gouverneur. Celui-ci changea sur-le-champ d'expression. La fierté se lut dans son regard, la tendresse aussi. Et c'était presque obscène, parce que sa physionomie ne s'y prêtait pas du tout.

Faussement sévère :

— Je ne veux pas être dérangé pendant le Conseil, les enfants.

Les deux répliques déposèrent des lampes à huile sur la table :

— On t'amène juste de la lumière, papa !

— C'est vrai, on est presque dans le noir ici. Merci, les amours. Maintenant, filez vous coucher.

— Papa, on pourra aller voir le bateau de France, demain matin ?

Il les attira contre son cœur, les embrassant avec délices.

— C'est d'accord, mais dites bien au sergent d'atteler couvert, il risque de neiger.

— Merci, papa ! Au revoir, messieurs !

Les petits quittèrent la pièce en se dandinant comme des dindons.

Le visage encore empreint d'épanchement paternel, d'Emeray

de Charmoy se tourna vers ses hôtes qui attendaient, fermés, silencieux.

— Or donc, dit-il. Vous avez bien réfléchi… ?

Personne ne bougea.

— Vous êtes certains de ne pas vouloir revenir sur votre décision ? Toujours pas d'accord pour le recours en grâce ? Notez que je ne vous donne pas tort, la loi est la loi, mais on aurait pu s'éviter bien des tracas…

Pas plus de réaction. Rive, le chef douanier, se grattait le nez, Vénot regardait le plafond, Espinasse observait une rigidité parfaite.

— Soit ! Ecrivons en France. Je ferai préparer une lettre demain. Votre veuve arrivera quand elle arrivera. Mais je vous préviens : si vous réclamez une exécution, j'exige, moi, qu'elle ait lieu. Je ne veux pas passer pour un jean-foutre aux yeux de mes administrés.

Et soudain, fort civil :

— Un peu de porto, messieurs ?

Le gouverneur se leva pesamment pour atteindre le flacon et les verres, et les membres du Conseil s'entre-regardèrent, soulagés.

Elle guettait depuis un moment déjà l'huis grillagé qu'éclairait faiblement la lumière qui tombait de leurs appartements.

Solange retint son souffle : de grosses mains empoignaient les barreaux de fer, contre lesquels se pressait le visage du condamné à mort.

— Il regarde encore mes plantes, dit-elle.

— Forcément, répliqua Saint-Roc, il n'y a rien d'autre à regarder dans cette cour.

— Non, il a une manière particulière de les contempler. C'est... Viens voir par toi-même, si tu ne me crois pas.

— Le criminel s'intéresse aux fleurs ! En fait, c'est un doux agneau au cœur bercé de poésie. Tu as trop lu Victor Hugo, ma chère. Jean Valjean est une belle invention, certes, mais une invention d'écrivain.

Pantalon déboutonné et chemise ouverte, il délaçait le corset de sa femme. « Ma négresse blonde », avait-il coutume de l'appeler. Elle avait la peau très blanche, un visage de fillette sage, et cela s'accordait curieusement avec son corps, semblable par ses formes à ceux qu'il avait étreints dans les bordels de Marseille où il avait fait ses classes : ceux des négresses venues du Sud du Maroc ou d'Afrique noire, ceux de ces femmes éclatantes qui se vendaient dans un idiome inconnu de lui... Des seins haut perchés, assez écartés l'un de l'autre, au gros mamelon en forme de poire. Un ventre doux et bombé. Le bassin étroit. La fesse proéminente, dure. La jambe longue et musclée, au mollet fin. Et là-dessus, ce visage de petite Anglaise.

Il avait achevé de la déshabiller. Elle s'était laissé faire comme si ses membres avaient été engourdis par quelque alcool. Assise devant le feu de tourbe qui crépitait telle une bûche malsaine, elle s'abandonnait à ses caresses, aux petits baisers, à la senteur du parfum venu de Paris dont il versait quelques gouttes sur ses épaules larges et fermes.

Neel s'était détaché de la fenêtre à barreaux, pour disparaître dans l'ombre de sa cellule.

— Combien de temps va-t-il rester là, à attendre qu'on le tue ?

— Aussi longtemps que Saint-Pierre n'aura pas sa guillotine.

— Tu aimes mon nouveau parfum ?

— Devine.

Elle ferma les yeux, chavirée.

— Alors, il pourra attendre des mois ? Des années ?

— Des siècles, peut-être…

— C'est cruel. S'ils n'ont pas les moyens de le tuer, ils n'ont qu'à le laisser partir.

Il la prit dans ses bras et la transporta dans leur chambre à coucher.

— Tu as raison, dit-il, j'irai tout à l'heure ouvrir la porte de sa prison et je lui dirai qu'il peut s'en aller.

— Je ne plaisante pas, Roc.

— Moi non plus…

Et il la déposa doucement sur le lit, la regardant avec une expression étrange.

— Est-ce que j'ai l'air de plaisanter ? ajouta-t-il.

En ouvrant les yeux, Saint-Roc s'aperçut que Solange s'était déjà levée. Elle avait laissé une odeur de petit lait dans le creux des draps. Il la respira profondément, amoureusement, puis s'habilla à la hâte et, sans prendre le temps d'avaler quoi que ce soit, dévala l'escalier.

Dans l'obscurité du matin polaire, les deux soldats en faction dormaient à moitié, en appui sur leurs fusils.

Les deux sentinelles sursautèrent avec un bel ensemble et rectifièrent leur position. Ils présentaient une mise vraiment cocasse : de crainte qu'ils ne prennent froid durant les longues heures de guet, Solange avait fait confectionner pour chacun une sorte d'entonnoir en laine qui se fixait autour du cou, le tout recouvert de toile cirée contre la pluie. L'invention de cette capote peu réglementaire était parvenue aux oreilles du gouverneur ; à ce régime, s'était-il emporté, les soldats risquaient de se transformer en pâte de guimauve, en cocottes, en invertis peut-être... On lui avait fait croire que les défroques avaient été jetées au feu, pour l'exemple.

Saint-Roc hésita un moment, fixant la porte de la cellule. Il avait décidé une fois pour toutes, dès leur mariage, de céder à tous les caprices de son épouse. D'ailleurs, il ne les considérait jamais comme des caprices, mais plutôt comme des intuitions, des impulsions mystérieuses qui allaient toujours dans le sens de la vie.

— La porte ! ordonna-t-il.

Neel eut un mouvement de recul instinctif pour échapper à la lumière bleutée qui pénétra d'un coup. Il était adossé au mur du fond, enveloppé dans une couverture de cheval.

Toute la nuit, les sentinelles avaient entendu ses gémissements réguliers qui rythmaient le balancement de son corps.

Neel se releva péniblement et se dirigea vers la porte ouverte. Repoussant de saleté, son front noir du sang écaillé, à cause de la pierre qui lui avait frappé l'arcade sourcilière, pathétique avec sa force abattue, il clignait des yeux, hébété.

— Elle veut te parler !

Le prisonnier fixa Saint-Roc sans expression, bras ballants.

— Ma femme veut te parler, je te dis, répéta-t-il avec un coup de menton en direction de la fenêtre où, alertée par le bruit, Solange venait d'apparaître.

Le regard de Neel se porta doucement vers elle.

— Tu n'es pas obligé, tu entends ?

Et, comme l'autre ne bougeait toujours pas :

— Si tu préfères rester dans ta cellule, libre à toi. Si tu acceptes de lui parler, tu n'as qu'à me suivre. Est-ce que tu comprends ce que je te dis ?

Neel hocha la tête. Puis, les yeux rivés au sol, il emboîta le pas au capitaine.

Au bas des escaliers, comme l'homme hésitait :
— N'aie pas peur. Tu peux monter. Elle t'attend.

Solange se tenait au centre de la pièce, à la fois gênée et souriante.
— Bonjour, monsieur. Entrez, asseyez-vous.
Neel resta immobile, beaucoup plus embarrassé qu'elle.
— Allons, asseyez-vous, dit-elle en tapotant la galette d'un fauteuil.
Saint-Roc prit le prisonnier par le bras avec des manières de sergent de ville, et le fit asseoir d'autorité. Solange toussota pour marquer sa désapprobation.
— Je vais préparer du thé, dit-elle.
L'eau bouillait déjà dans la casserole. Elle disposa trois tasses de son meilleur service sur un plateau, emplit la théière en Wedgewood d'une main qui tremblait un peu, et chercha en vain quelque chose d'autre à faire, comme pour retarder l'instant où elle devrait prendre la parole.
Saint-Roc comprit ce qui se passait dans sa tête et décida de faire la demande à sa place.
— Ma femme voudrait te proposer quelque chose, commença-t-il. Mais encore une fois, si ça ne te plaît pas, tu peux refuser.
Neel ne paraissait pas l'entendre. Son visage n'exprimait rien, sinon un grand étonnement.
— Si tu dis oui, en revanche, il faudra le faire bien.
Solange posa son plateau sur le guéridon et, tout en servant le thé, s'efforçant de sourire de son mieux, elle demanda au prisonnier :
— Est-ce que vous vous y connaissez en fleurs ?
Neel n'avait pas ouvert la bouche jusque-là. La question dut lui paraître moins incongrue que les propos du capitaine, puisque cette fois il murmura :
— Non.
— Très bien, s'exclama le capitaine, dans ce cas, n'en parlons plus !

Solange laissa échapper la théière qui se fracassa sur les dalles de pierre. Saint-Roc se précipita.

— Je… je suis désolée. Elle a glissé…

La jeune femme prit une profonde inspiration pour retrouver son calme. Puis, sans tenir compte de son mari, elle poursuivit à l'intention de Neel :

— Ce n'est pas à vous que j'apprendrai, monsieur, que les plantes prennent mal dans cette région. Il n'y pousse que des mâts de bateaux.

Elle eut un petit rire et attendit en vain la même réaction chez Neel.

— Le climat, dit-elle encore, n'est pas ce qu'on pourrait appeler… Ni le sol, d'ailleurs… Enfin, je m'embrouille. Ce que je voulais dire, c'est… Voulez-vous m'aider à faire un petit jardin dans la cour ?

Neel fronça les sourcils, c'était encourageant.

— Cette cour est bien abritée du vent et, dans le coin ensoleillé, près de votre cellule, je voudrais essayer de faire pousser des fleurs que j'ai fait venir de France. Je dis des fleurs, mais pour l'instant ce sont des plants, des graines, des bulbes… Face au sud, le soleil touche exactement ce coin-là, lorsqu'il y a du soleil, bien sûr…

Elle se rendait bien compte qu'elle n'était pas très claire, qu'elle piétinait, mais il fallait poursuivre, au moins pour arriver jusqu'au bout de son idée.

— Une serre… Une toute petite serre… Vous savez ce que c'est ?

La voix de Neel, puissante et rauque, comme si elle sortait des abysses de sa vaste poitrine, surprit ses hôtes :

— Non.

— Le soldat que m'a prêté mon mari pour la monter ne le sait pas non plus, apparemment. Je pensais que sur les bateaux, vous aviez acquis quelques notions de charpenterie… Vous vous y connaissez en charpente ?

— Oui. Un peu.

— Ah ! tu vois, dit-elle en se tournant vers son mari. Monsieur s'y connaît en charpente !

Saint-Roc commençait à s'amuser.

— Vous ne savez pas ce qu'est une serre, reprit Solange, mais ça ne fait rien. Je vous montrerai. J'ai dessiné un plan... Euh, dans tout ça, je n'ai pas bien compris si vous acceptiez de m'aider ou pas.

— Si.

— Si ? Cela veut dire oui, que vous acceptez ?

Le prisonnier chercha le regard du capitaine comme pour lui demander de confirmer à sa place.

— Alors ? se contenta de dire celui-ci. La proposition de ma femme te convient ?

— Oui.

Cette fois la voix était franche et nette. Solange soupira.

— Merci. A toi aussi, Roc, merci. Voulez-vous manger quelque chose ? Je vais refaire du thé... Et ramasser les morceaux, ajouta-t-elle en se souvenant qu'elle venait de briser la théière.

Mais avant qu'elle eût pu faire un geste, Neel s'était mis à quatre pattes et rassemblait dans sa grande paume les débris de porcelaine. Ensuite, il ne sut qu'en faire. Son regard allait de droite et de gauche, cherchant où il pourrait les déposer.

— Mets-les sur le plateau, lui dit Saint-Roc.

Et Solange le remercia à nouveau.

Maintenant, ils étaient tous trois debout, à quelques pas de distance, figés dans une même indécision.

— Tu peux t'en aller, dit enfin Saint-Roc.

Neel jeta un coup d'œil derrière lui, comme s'il attendait les soldats qui le ramèneraient à sa cellule. Mais personne n'était entré dans la pièce, et le capitaine semblait lui dire qu'il pouvait s'en retourner tout seul.

Il salua gauchement le couple, d'un mouvement du doigt et de la tête. Il se dirigeait vers l'escalier lorsque Saint-Roc lui lança :

— Sache bien que je ne peux pas te payer, mais en échange de ton travail, tu seras nourri convenablement, de ma poche. Et puis, si ça marche, les fleurs, la serre, tout ça, je te trouverai une lampe et d'autres choses… On verra…

Le condamné descendit l'escalier d'un pas égal, presque mécanique. Solange le vit par la fenêtre traverser la cour du fortin et pénétrer dans sa cellule dont il tira la porte derrière lui.

Le nez écrasé contre la vitre, la petite s'ennuyait ; ce dimanche serait pareil à tous les autres dimanches d'hiver : empêtrée dans sa robe à crinoline, elle passerait l'après-midi à traîner des langueurs d'adulte. Batailles de boules de neige, luge, rires et poursuites ; les enfants des pêcheurs étaient autorisés à s'ébattre dans la neige. Pas elle. C'est que, comme disait sa mère, les petits pauvres n'étaient pas « comptés ». Les petits riches, oui. Et s'il en mourait un d'avoir pris froid, « cela se ressentait ».

La petite n'aimait pas les dimanches du gouverneur.

Les portes de la grande salle s'ouvrirent à doubles battants sur des domestiques aux bras chargés de bûches.

Applaudissements, exclamations.

— Bravo ! Vive le gouverneur ! Une vraie flambée, comme en France ! Et avec du bois de France !

Pied mignon en avant, pantalon moulant sur mollet épais, gros favoris frisés au fer, d'Emeray de Charmoy traversait le salon, un salut à droite, un compliment à gauche. Une dame couverte de bijoux et flanquée d'un laideron qui se trouvait être sa fille l'arrêta au passage :

— Gouverneur, sans vos dimanches, la fine fleur de l'île retournerait vite à l'état sauvage.

La « fine fleur » en question rougit et esquissa une révérence.

— Vous me flattez, madame. Mademoiselle votre fille montre par sa seule grâce que notre fine fleur prépare en secret de bien jolis boutons… dont je ne suis pas le jardinier.

Sur ces mots, prononcés le plus fort possible afin d'être entendus de tout le monde, le gouverneur s'inclina galamment et passa au fumoir rejoindre les hommes.

C'était une pièce sombre, comme il se doit, recouverte de stucs peints qui imitaient les boiseries. Sur les murs s'alignaient des trophées de chasse que le maître de maison affirmait ne devoir qu'à son propre fusil, et qu'il avait apportés dans ses malles : grand koudou, gazelle de Grant, antilope des sables, impala, sans oublier un grevi-zebra qui faisait sa fierté. Pour le reste, lustre en cristal et tapis d'Orient, prétendu cadeau du bey Ali Pacha, destiné à le remercier des nombreux services qu'il avait rendus à leurs deux pays du temps qu'il était diplomate.

Là aussi les domestiques préparaient un feu de bûches, suscitant l'admiration générale.

Rive, qu'on n'appelait jamais autrement que « le petit douanier », vint le premier débiter son compliment ; il n'avait ni esprit ni conversation, ce qui le rendait très bavard.

— Je vois ici tous ceux que l'île compte pour bonne compagnie, cependant je m'étonne de n'y jamais rencontrer M. le capitaine de la caserne. Daignera-t-il un jour honorer vos dimanches de sa martiale présence, gouverneur ?

Ce dernier profita de la question pour se dégager de l'importun qui lui serrait le bras :

— Ne serait-ce pas plutôt Mme la capitaine, répondit-il avec un sourire égrillard, que vous aimeriez inspecter sous toutes les coutures, monsieur le chef des douanes ?

— Malheureusement, enchaîna un convive, votre tête n'est pas promise au couperet. Or Mme La, comme on la surnomme, ne s'intéresse qu'aux cas extrêmes…

— On m'a dit, coupa le directeur des entrepôts Goudart & Fils, une des plus grosses fortunes de l'île, qu'après l'assemblage de la serre et la culture des fleurs dans la cour de la prison, le « cas extrême » rendait à présent de menus services en ville.

— Et ce sous la seule férule de Mme La ! surenchérit une voix.

— Remarquez, j'en connais plus d'un qui aimerait l'avoir pour geôlière…

Assis sur une causeuse, M. d'Emeray de Charmoy père,

vieillard maigre en culotte de soie, bas roses et perruque poudrée, comme sous la monarchie, frappa le sol de sa canne :

— Fi de médisances, messieurs ! Vous savez bien que cette jeune femme a le cœur tendre, j'entends : qu'elle a le sens chrétien. Elle s'applique à soulager son prochain et le prisonnier l'aide dans sa tâche, voilà tout. Il est très habile à dégager la neige, à réparer les toits des masures, à ce que j'ai entendu. Et il le fait bénévolement, qui plus est.

— Encore heureux ! glapit le petit douanier. Déjà nourri et logé aux frais de la République, votre assassin devrait-il toucher en plus le bénéfice de son élargissement ?

Le vieux d'Emeray de Charmoy se leva à moitié et lui lança un regard de mépris :

— Mon assassin ? Comme vous y allez... Je n'ai pas d'assassin, moi, monsieur. Et je ne passe pas mon existence à évaluer mes semblables pour mieux les taxer. Bénéfice, profit, ce n'est pas là une préoccupation de gentilhomme, monsieur !

— Rasseyez-vous, papa, s'interposa le gouverneur. Et calmez-vous. Vous savez bien que M. le chef des douanes a parfois la langue plus vive que l'esprit.

Et, prenant l'auditoire à partie :

— Cet assassin est le nôtre, à tous, hélas ! Ai-je assez répété, messieurs, que sans rien pour la trancher, le condamné gardera longtemps la tête sur le corps ? Voilà plus d'un mois que j'ai confié au commandant de *La Méritante* un courrier réclamant l'envoi d'une guillotine. Toujours pas de réponse, bien sûr. La mer gelée est notre linceul l'hiver, et nous ne saurions espérer de nouvelles avant la fonte de la banquise. C'est qu'ils sont plus gâtés que nous, en Cochinchine : ils disposent, eux, de cette heureuse invention qu'est le télégraphe !

— Malgré tout le respect que je dois à votre père, gouverneur, osa le jeune Espinasse en allumant un cigare, il faudra bien un jour examiner le cas de ce condamné à mort qu'on promène partout librement.

Vénot se gratta les tempes :

— D'autant que selon les dernières informations de Paris,

propos très sombres, alarmistes même, notre République aurait bien besoin de montrer une volonté et un bras de fer, que dis-je ? d'acier ! L'autorité du gouvernement est trop souvent remise en cause, ces temps-ci.

Un silence inquiet pesa sur l'assemblée.

— Il vaudrait mieux pour nous tous, reprit-il, ne pas faire preuve de faiblesse, ne pas nous comporter comme si l'individu était gracié…

— Messieurs ! lança d'Emeray de Charmoy qui marchait de long en large. Nous étions convenus de ne pas discuter politique lors de mes dimanches. Restons aimables et légers, si vous le voulez bien. A propos de légèreté, pourquoi selon vous Mme La a-t-elle quitté le nom d'une grande famille pour celui d'un soldat mal né ?

Le vieux papa du gouverneur coupa l'herbe sous le pied du petit douanier qui s'apprêtait à prendre la parole :

— Je vois bien à vos yeux qui roulent comme ceux d'un veau à la mamelle, monsieur, que vous vous évertuez à allumer une étincelle dans votre cerveau pour répondre à mon fils par un mot d'esprit. La raison du choix de Mme La pour son capitaine est trop simple pour traverser les méandres putrides de votre esprit tortueux. Vous vous échaufferiez en vain les sangs à essayer de comprendre : la belle est amoureuse de son mari, voilà tout. C'est une femme au cœur ardent, en plus d'être bon, ne vous en déplaise, et qui ne se laisse guider que par ses passions. Je n'en dirais pas autant de Mme votre épouse.

— Comme vous en parlez ! s'exclama le petit douanier qui voulait avoir le dernier mot. On vous en croirait épris. Enfin, espérons juste que ses passions, comme vous dites, ne l'entraîneront pas trop loin et que nous n'aurons pas, par sa faute, une évasion sur les bras, ou pis : que l'assassin récidive…

La vision était étrange : ils marchaient côte à côte sur la mer gelée que recouvrait une épaisse couche de neige. Le spectacle de ces flots figés rappelait à Solange celui des victimes pétrifiées du Vésuve qu'elle connaissait par des gravures ; la rébellion impuissante des vagues se devinait aux accidents du terrain.

Ils dirigeaient leurs pas vers ce qui ressemblait désormais à un long cumulus immaculé : l'Ile aux Chiens.

L'air qu'ils exhalaient formait un nuage brumeux autour de leurs lèvres, et ils transpiraient tous deux malgré le froid d'une intensité telle qu'il donnait l'impression d'avoir le visage couvert d'une sorte d'huile glacée.

Sa lourde pelisse gênait Solange. Elle progressait courbée en deux pour faire front au vent du large. Pas lui : le corps légèrement à l'oblique, vêtu d'un vieux manteau d'officier ayant appartenu à Saint-Roc et qu'il n'avait tout d'abord pas voulu accepter, Neel marchait sans effort, bien qu'il tirât la corde d'un traîneau chargé de gros sacs.

Elle le regardait parfois à la dérobée ; il aurait pu aller beaucoup plus vite, mais il s'appliquait à calquer son pas sur le sien. A quoi pensait-il ? Il pouvait passer des heures sans prononcer une parole, et quand il avait quelque chose à dire, ses phrases se réduisaient à quelques mots.

Elle aurait voulu l'interroger. Elle y songeait depuis des jours, des semaines maintenant, depuis le soir en fait où il avait franchi, les mains liées, les portes du fortin.

Une fois, une seule, elle s'était hasardée à lui parler de ce qui l'avait fait condamner à mort. Et encore, en baissant les yeux pour ne pas croiser son regard.

— Je sais que vous étiez complètement ivre, avait-elle commencé, quand vous êtes allé voir le père Coupard…

Elle n'avait pas poursuivi : Neel avait semblé s'affaisser sur lui-même, avec un gémissement de chien battu. Et elle avait deviné que ce qui se passait dans sa tête devait être plus atroce que toutes les tortures, tous les supplices qu'on pourrait jamais lui infliger : il était lui-même son pire bourreau. Et ne pas parler de la chose, de cette chose atroce qu'il avait commise, faisait aussi partie de sa punition. S'il s'était confessé à elle, elle aurait pu lui donner une sorte d'absolution, et il n'en voulait pas.

Elle comprit soudain que son perpétuel mutisme n'avait pas d'autre cause ; Neel s'enfermait dans le silence pour mieux expier.

Elle ne pouvait pas le laisser comme ça. Qui sait ce qu'il ruminait dans son sommeil, et quels cauchemars affreux il s'infligeait ? Il fallait qu'elle lui parle, qu'elle le soulage un peu.

— Vous allez leur montrer, à ceux de l'Ile aux Chiens. Vous allez leur montrer ce que vous valez, maintenant que vous ne buvez plus…

Elle marqua une pause pour reprendre son souffle.

— Mais il vous faudra de la patience. Ce n'est pas rien d'avoir tué un homme… de l'avoir tué comme ça…

Alors il s'arrêta et la dévisagea d'une façon qui lui fit peur. Mais il lui dit simplement :

— Vous êtes fatiguée. Montez sur le traîneau. Je vais vous tirer.

— Non.

— Montez, s'il vous plaît.

— Merci, mais vous n'êtes pas mon esclave, Neel. Nous ne sommes pas au bagne, et je ne suis pas votre garde-chiourme.

Elle se remit en route. Mais il resta en arrière. Et il lui lança :

— Pourquoi vous faites tout ça ?

— Pardon ? dit-elle en se retournant.

— Pourquoi ? Pourquoi tout ça, pour moi… ?

Elle n'était pas préparée à être interrogée et fut troublée par la question. Avalant la moitié de ses mots, elle expliqua laborieusement qu'elle savait que les hommes pouvaient être mauvais un jour et bons le lendemain, et qu'il fallait toujours essayer de développer en eux la meilleure part. Elle cita des exemples de conversions inattendues, puisant dans ses souvenirs des livres pieux qu'on lui faisait lire chez les bonnes sœurs.

— On change. J'en suis sûre. Oui, certaine.

Le débarcadère affleurait à peine au-dessus de la banquise dont la formation soudaine, en avance sur la saison, avait déconcerté tout le monde. Quelques doris, leurs carcasses fracassées par la brusque poussée des eaux, demeuraient enchâssés dans la glace.

Ils gravirent en dérapant sur les plaques de verglas la pente qui menait aux premières cabanes du village éparpillé sur les hauteurs.

La neige recouvrait tout, excepté le clocher de l'église, obélisque noir dans la réverbération aveuglante. Une maigre fumée s'échappait çà et là, laissant deviner des habitations. Sinon, pas un bruit, pas même un pépiement d'oiseau ; ceux qui s'étaient laissé surprendre par l'hiver, les renards dévoreraient leurs petites carcasses à la fonte des neiges. La vision de désolation s'estompa un peu lorsqu'ils découvrirent deux femmes au détour d'une masure.

L'une d'elles, dont le visage disparaissait sous une écharpe crasseuse, remuait un bâton dans une grosse marmite de fer sous laquelle crépitait un feu de tourbe dont le foyer avait été creusé dans la glace. Du linge propre mouillé, déjà raide, s'amoncelait dans un traîneau. L'autre femme, aux joues couperosées, installée sur un tas de linge sale jeté à même la neige, allaitait un marmot sous ses hardes en lançant des plaisanteries. L'irruption de la femme du capitaine et du condamné à mort y mit une brusque fin.

On se regarda.

Pour dissiper la gêne, Solange fit cette question idiote :

— Avez-vous encore de l'eau douce pour laver ou faites-vous déjà cuire la glace, chez vous ?

— Vous voyez bien, on fait cuire. Depuis deux semaines.

Puis, désignant Neel de son bâton :

— Qu'est-ce qu'il vient faire ici, celui-là ?

Le menton baissé, le prisonnier se balançait d'un pied sur l'autre.

— Le toit de la veuve Malvilain est abîmé. Il vient boucher le trou.

— C'est bien, la pauvre a bien besoin qu'on bouche son trou, répliqua la lavandière en pouffant, aussitôt imitée de sa compagne.

Solange ne saisit pas l'allusion graveleuse et poursuivit :

— Il lui faudra revenir plusieurs fois. Autant qu'il soit utile, hein ?

— Et toi, Anaïs, tu n'aurais pas un trou à boucher ?

Rires des deux insulaires. Solange ne comprenait toujours pas ces sous-entendus :

— C'est bien que Neel rende service. Surtout aux veuves.

Nouvelle avalanche de rires. Neel les fixa durement, puis s'en voulut et piétina la neige de plus belle. Solange regardait les deux femmes, partageant leur hilarité sans en saisir la cause.

— C'est sûr, les veuves, elles ont du mal, toutes seules.

— En tout cas, si vous avez besoin de Neel, n'hésitez pas, mesdames.

— En attendant mieux, lança la femme au bâton, qu'il ramène ma lessive chez moi.

Avec un clin d'œil :

— Tu sais où est ma maison, Neel ?

Il ne répondit pas, saisit la corde du traîneau plein de linge, et se mit en marche, suivi de Solange.

— Avec nous, tu n'en as pas fini ! lui cria la lavandière de loin.

La charge d'un deuxième traîneau ne freinait en rien sa progression sur le sentier aux ornières dissimulées sous la neige ; il les esquivait toutes. Neel connaissait le chemin par cœur. La petite voix sérieuse de Solange le fit redoubler d'ardeur.

— C'est important de montrer que vous ne vous cachez pas, que vous êtes désireux de rendre service…

Neel laissa le linge devant la cabane de la lavandière, sous un auvent de planches. A ce point du chemin, on avait vue sur l'île entière, même si l'uniformité de la couche blanche qui la recouvrait et la lumière éclatante faussaient les perspectives.

— Neel ? Pourquoi est-ce que cet endroit s'appelle l'Ile aux Chiens ?

— A cause des phoques, les « chiens de mer ». Il n'y en a plus. Tous bouffés.

— Ah…

Quelques mètres plus loin, elle lui demanda :

— Neel, c'est vrai qu'il y a beaucoup de veuves, ici ?

Il approuva de la tête.

— Leurs maris sont morts en mer ?

— Oui.

Ils avaient atteint l'embranchement de deux sentiers, et Neel, pressant le pas, prenait à droite.

— Mais… La Malvilain n'habite pas par là.

— Je sais.

Il lui jeta un regard implorant, et elle n'insista pas : il voulait faire un détour pour éviter d'avoir à passer devant chez le père Coupard.

Légèrement vêtu de son uniforme de capitaine — son éducation de pupille de la Nation dans une école militaire l'avait rompu aux pires rigueurs —, Saint-Roc galopait dans la plaine enneigée. Que lui voulait le gouverneur ? Qu'il mène la parade dans la grand-rue avec tambours et pas cadencé ? S'il osait encore une fois lui faire ce coup… L'avenir lui avait menti : il ne ressemblait en rien à ses espoirs. Toutes ces nuits passées à étudier les grands stratèges et les belles batailles, pour diriger une garnison d'opérette sur un caillou pelé que plus personne ne convoitait.

Il piqua de l'étrier vers le port du Barachois où, accolé à la montagne, s'élevait le « palais » du gouverneur, comme on disait ; en fait une grosse maison de bois surmontée d'un fronton d'inspiration vaguement grecque, assez déplacée sous ces latitudes.

Deux sentinelles frigorifiées montaient la garde devant la

porte encadrée de colonnes. Elles rectifièrent vaguement leur position en apercevant le cavalier.

Saint-Roc sauta au bas de son cheval et tendit la bride à l'un des hommes.

— Garde-le au chaud !

Le bruit de ses bottes résonna sur le damier des dalles noires et blanches de la salle d'apparat, humide et glacée comme un sépulcre.

Tout au bout, il poussa la porte du bureau du gouverneur.

— Refermez vite, capitaine, que la bonne chaleur ne s'en aille pas.

Assis dans un fauteuil qui semblait crouler sous sa masse, emmitouflé de grosses laines et le cheveu en désordre, d'Emeray de Charmoy secouait un de ses chaussons fourrés du bout de son pied.

— Je vous reçois sans tralala, mon cher. Ce bureau est la pièce la mieux chauffée. Profitez-en, mettez-vous à l'aise.

Saint-Roc se raidit plus encore dans son uniforme.

— Je suis à mon aise, merci.

— Voulez-vous goûter mon vin de Porto ?

Sans attendre de réponse, il tendit le bras jusqu'à une desserte et emplit deux verres.

— Cela va vous réchauffer. A propos, comment se porte votre charmante épouse ? J'espère qu'elle ne s'ennuie pas trop à Saint-Pierre, depuis six mois que vous êtes là...

Saint-Roc, son porto à la main, gardait les bottes jointes.

— Eh bien ? Je vous demandais comment se portait notre chère Mme La... Allez, goûtez-moi ça et dites ce que vous en pensez.

Saint-Roc trempa le bord de ses lèvres dans le liquide sirupeux. L'autre le regardait faire avec des hochements d'encouragement.

— Alors ? Répondez-moi franchement.

— Pas l'habitude.

— Pardi ! Les gens n'ont plus aucune curiosité...

D'Emeray de Charmoy vida son verre d'une traite et fit claquer sa langue.

— J'achète mon porto aux Anglais. Ces gens-là n'ont pas leur pareil pour choisir le meilleur. Savez-vous qu'ils le promènent autour du monde dans les cales de leurs bateaux pour mieux le faire vieillir ? Ça lui donne un je-ne-sais-quoi d'inimitable.

— Vous m'en direz tant.

— A ce sujet, et votre femme ?

— Je saisis mal le rapport.

— C'est un drôle de porto qu'elle promène, elle, autour de l'île.

— Ma femme est libre de faire ce qu'il lui plaît.

— Vous êtes tout de même au courant ?

— De quoi, je vous prie ?

— Qu'elle se balade tout le jour avec un assassin confié à votre garde !

— En cette saison, je ne vois pas comment il pourrait s'échapper. Et s'il cherchait à s'échapper, il mourrait avant deux jours. Ce qui arrangerait bien tout le monde, n'est-ce pas ?

— Ah ! je vous en prie, ne jouez pas au plus fin avec moi ! Imaginez un peu que la métropole nous envoie la veuve qu'on lui réclame… et qu'il n'y ait plus personne à raccourcir ! Alors ? Hein ? Qu'est-ce que vous avez à répondre ? Vous trouvez ça normal ?

— Quoi donc ?

— Mais, bon Dieu, que l'assassin passe le plus clair de son temps en liberté !

Changeant soudain de ton :

— De grâce, déplaisez pour une fois à votre épouse, et enfermez-moi le condamné à double tour. Vous dirigez le détachement militaire, mais le pénitentiaire est aussi votre domaine, ne l'oubliez pas.

— C'est juste. Et je conduirai le condamné à l'échafaud quand il le faudra.

— Et en attendant ?

— En attendant, j'en suis seul responsable. J'ai mission de

tenir les prisonniers à disposition de la justice et en bonne santé. Ce que je fais.

D'Emeray de Charmoy perdit contenance. Il tenta une dernière raillerie :

— Sa santé serait-elle défaillante à ce point qu'il lui faille rester accroché aux jupons de Mme La ?

— Les jupons de mon épouse ne regardent que moi. Occupez-vous des vôtres : de ceux de votre femme, j'entends.

— Capitaine ! Vous me faites chier avec votre irrévérence ! Il faut dire qu'à Paris, ils m'avaient prévenu…

— Prévenu de quoi ?

— Vous le savez très bien !

— Soit. Mais pour en revenir à ma femme, et pour la dernière fois, je vous répète qu'elle se contente d'aider quelques veuves de marins, et que Neel la seconde pour les tâches les plus dures. Rien n'interdit à un condamné, que je sache, de se rendre utile. Si vous êtes contre, faites-le savoir officiellement. J'en référerai par voie hiérarchique.

— Allons, allons, ne nous mêlons pas de politique, fit le gouverneur soudain radouci. Personne n'y gagnerait, croyez-moi.

Il prit le bras de Saint-Roc, qui se dégagea.

— Je voulais juste vous mettre en garde contre les bruits qui courent : pour être assassin, on n'en est pas moins homme aux yeux de certains. Et votre épouse est si jolie, si… moderne !

— Celui qui lui manquera de respect en répondra sur sa vie.

— Je n'en doute pas.

D'Emeray de Charmoy retourna à son fauteuil et recommença à jouer avec son chausson :

— Alors, là, évidemment, me voilà rassuré. Encore une goutte de porto ? Non ? Dommage.

— Venons-en plutôt au sujet de votre convocation, si vous le voulez bien, monsieur le gouverneur.

— Mais nous nous sommes déjà tout dit… Ou plutôt non, je serais très heureux de vous compter parmi mes invités de dimanche prochain. On ne vous voit guère par ici, et on le déplore, ma femme me le disait encore ce matin.

— Croyez que je suis sensible à cet honneur, mais je regrette, nous ne sortons jamais le dimanche.

Là-dessus, Saint-Roc claqua des bottes, s'inclina brièvement, et sortit en laissant la porte bien ouverte aux courants d'air.

Il fallait faire vite pour profiter des quelques heures de clarté qu'accordait l'hiver polaire. Neel ne semblait toujours pas ressentir la fatigue, mais Solange était éreintée, même si elle ne voulait rien en laisser paraître.

C'est lui qui l'observait maintenant du coin de l'œil. Et il fit semblant de vouloir souffler, pour lui donner l'occasion de se reposer.

Elle s'assit sur le bord du traîneau. Elle s'était enveloppé le bas du visage d'une grosse écharpe qui, en lui couvrant le nez, l'empêchait de respirer à son aise. Elle la desserra et se massa les joues de ses doigts gantés.

Comme pour prolonger la pause, elle l'interrogea à nouveau :

— On m'a dit que vous êtes né à Saint-Pierre ?

— Vrai.

— Vous êtes quoi : Breton, Normand, Basque, Acadien ?...

— Basque.

— Vous êtes marié ? Vous avez des enfants ?

— Rien.

— Qu'est-ce qui vous est arrivé au nez ?

— Un coup de rame.

— Et vos parents ?

— Tués par les Anglais.

— Quel âge avez-vous, sans indiscrétion ?

— Dans les quarante.

— Vous croyez en Dieu ?

— Bien sûr.

Solange s'en tint là : il était peut-être trop tôt pour qu'il lui fît des confidences. Elle rajusta son écharpe et ils reprirent leur marche, en silence.

Pour ne pas risquer de trébucher, elle mettait ses pas dans ceux de Neel qui tassaient fort la neige.

La cabane isolée se profilait derrière une petite éminence. Ses planches étaient disjointes et son toit mal rafistolé d'une toile que le vent faisait claquer. Sur le seuil, la veuve Malvilain se débattait avec une pelle en bois pour dégager la neige qui s'amoncelait devant chez elle.

— Bonjour !

— Ah, madame La ! Bonjour, ça fait plaisir de vous voir !

Lorsqu'elle reconnut Neel qui se cachait comme il le pouvait derrière la femme du capitaine, la Malvilain recula de surprise, puis elle le salua d'un hochement de tête qui pouvait tout signifier à la fois.

— J'ai demandé à Neel d'arranger votre toit. Il veut bien. Il pourra aussi déblayer la neige. Un homme en cellule, ça ne sert à rien, ce n'est pas votre avis ?

— Pour sûr, madame La, pour sûr. C'est gentil de penser à moi et à ma petite. Mais entrez donc, avec ce froid...

Tous trois raclèrent leurs bottes au grattoir et pénétrèrent dans l'unique pièce obscure qui constituait la maison. Dans le poêle, lequel servait aussi à faire cuire les aliments, une maigre tourbe se consumait. Au mur, une image de sainte Anne rongée par l'humidité. Sinon, une table, une chaise, un coffre en fer qui servait également de banc, et, à demi caché par une vieille toile à voile, un lit défoncé sur lequel une enfant maladive, cinq ans à peu près, le cheveu trop blond, le teint trop pâle, jouait avec une poupée en chiffon sans visage. Elle parlait toute seule et en était au moment où la fière princesse, vêtue d'une très belle robe en fils d'or, allait retrouver son prince.

Solange vint s'asseoir près d'elle.

— Alors, Antonine, comment ça va ? Tu ne tousses plus ? Tu dors mieux ?

La petite se mit à sucer son pouce en ébauchant un sourire timide.

— Je t'ai apporté une surprise, tu vas voir. Passez-moi le sac, Neel, et ne restez pas planté comme ça, voyons, on dirait un épouvantail !

Elle demanda à la petite fille de fermer les yeux, prononça une formule magique et plongea la main dans le grand baluchon.

— Tu peux ouvrir les yeux.

Le cadeau était enveloppé de papier multicolore.

Antonine regarda sa mère sans oser y toucher.

— Prends, puisque la dame dit que c'est pour toi…

La petite défit le paquet et poussa un petit cri de joie : c'était une vraie poupée ; pas en chiffon, en porcelaine, et avec tout son trousseau. L'enfant lança de nouveau une interrogation muette à sa mère, qui balbutiait qu'il ne fallait pas, que Mme La était vraiment trop bonne pour eux, qu'ils ne méritaient pas…

— Faudra pas que tu l'abîmes. Tu auras le droit d'y toucher le dimanche, tu entends ?

Antonine avança une main timide vers l'emballage :

— Je peux jouer avec le joli papier, madame ?

— Mais voyons, ma chérie, tu peux t'amuser avec la poupée, n'est-ce pas, madame Malvilain ? Si tu veux, je donnerai du tissu à ta mère pour qu'elle lui fasse de nouvelles robes.

Puis, se levant gaiement :

— J'ai aussi apporté des gâteaux et du thé.

Neel saisit la pelle en bois posée contre le chambranle.

— Je vais déblayer la neige, dit-il.

Il n'y avait pas de fenêtre. La Malvilain avait allumé la lampe à pétrole et disposé le récipient où elle avait mis à infuser le thé, ainsi que les gobelets en fer-blanc et les gâteaux, sur un plateau décoré d'un gros poisson dévorant un marin, que Solange trouva magnifique.

— C'est mon homme qui l'a fait, dit la Malvilain. Pour se distraire de sa gangrène. Après ça, il est mort.

Il y eut un instant de silence, puis elle poussa les gâteaux vers Solange. Qui refusa.

— Non, non, ils sont pour vous. Tiens, prends-en un, Antonine !

La fillette tendit la main en bredouillant un merci.

— Vous avez tellement de chance d'avoir une petite fille comme elle !

— Vous n'avez pas d'enfants ?

Une ombre de tristesse passa sur le visage de Solange, une blessure secrète qu'elle referma vite en changeant de sujet :

— Depuis qu'il ne boit plus, Neel est devenu... exemplaire.

— Ça n'a jamais été un mauvais homme.

— Vous le connaissez depuis longtemps ?

— Tout le monde connaît tout le monde, par ici.

Solange prit bientôt congé. A l'extérieur, deux haies de neige qu'on eût dit tracées au cordeau s'alignaient de chaque côté de la cabane. La bâche du toit avait été fixée et lestée de grosses pierres.

— Ah ! s'exclama la Malvilain, c'est sûr qu'un bonhomme, ça vaut trois femmes, par ici ! Merci, madame La.

— C'est Neel qui mérite vos remerciements.

Mais avant que la Malvilain ouvre à nouveau la bouche, il avait déjà grogné :

— Y a pas de quoi.

Saint-Roc galopait à bride abattue en direction de la grève qui bordait la mer gelée.

La nuit n'allait pas tarder à tomber et son épouse n'était toujours pas rentrée de l'Ile aux Chiens. Elle ne s'était jamais absentée aussi longtemps. L'inquiétude le rongeait ; avec le déclin du jour, elle se transformait en une véritable angoisse.

Il se rappelait sans cesse les mots du gouverneur. L'imprudence qu'il y avait pour une femme mariée de se faire accompagner partout d'un homme qui n'était pas le sien. L'imprudence du mari qui tolérait ce genre de choses. Saint-Roc songeait maintenant au pire : il imaginait le corps aimé enseveli à la hâte, la gorge et le ventre béants, les organes répandus, le sang qui se mélangeait à la neige, les yeux si doux ouverts sur le néant, le sexe blessé par l'assaut... Fallait-il qu'il soit inconscient ? Il n'aurait jamais dû céder au caprice de Solange, c'était absurde.

Neel avait déjà tué, de la pire façon. Il avait peut-être recommencé…

Le ciel et la banquise se confondaient dans la grisaille du crépuscule, immenses et vides.

Enfin Saint-Roc aperçut deux petits points noirs qui progressaient sur la mer de glace. Il sortit sa longue-vue de son étui et l'ajusta à son œil, mais il faisait déjà beaucoup trop sombre pour qu'il pût les identifier.

Il donna des éperons et s'élança vers la grève.

— Vous voyez, disait Solange, ce n'est pas si difficile de montrer qu'on a changé. Il suffit de…

Elle ne put terminer sa phrase : son pied buta contre un bloc de glace, elle glissa sans parvenir à se rattraper, et tomba de tout son long.

Neel lui tendit sa grosse main et l'aida à se relever, avec une infinie prévenance.

— Ça va ?

— Ça ira.

Elle avait de la neige dans le cou et sur les poignets, à la limite des gants. Le froid mordait la peau comme du feu.

— Je crois que vous avez raison, je serais mieux dans le traîneau. Vous allez y arriver ?

— Vous ne pesez pas bien lourd.

Saint-Roc avait vu la chute. Et il avait ri de bon cœur : après les horreurs qu'il avait imaginées, c'était un soulagement de la surprendre en train de déraper sur la neige et de s'étaler comme une gamine. Il mit sa monture au pas.

Le vent qui soufflait étouffait tous les bruits. Ils ne l'avaient pas entendu galoper, et comme il les rejoignait à l'oblique, ils ne l'avaient pas encore vu non plus, il en était certain.

Il décida de se dissimuler derrière un monticule, pied à terre, et de les observer à la dérobée.

Quand sa femme prit place sur le traîneau et se laissa tirer, il ne put s'empêcher de songer cette fois à ce qui se serait passé s'il avait été à la place de Neel. Solange se serait amusée à faire semblant de le fouetter, jouant à l'Esquimau avec ses chiens d'attelage. Il aurait cavalé de toutes ses forces, en aboyant. Après, il aurait fait mine de se rebeller, de vouloir la mordre, et cela aurait dégénéré, comme toujours...

Depuis que Neel la tirait derrière lui, ils allaient beaucoup plus vite.

Solange se recroquevilla dans son manteau. Elle se sentait heureuse et rêveuse à la fois. La banquise semblait encore plus irréelle dans la lumière bleutée. Quelques étoiles brillaient entre les nuages qui s'allongeaient d'un bord à l'autre de l'horizon.

A peine courbé sous la corde, Neel soufflait des nuages de vapeur, comme une locomotive, et ses jambes pistonnaient puissamment.

— Neel ?

Elle l'appela à nouveau :

— Neel !

— J'entends, répondit-il sans se retourner ni s'arrêter.

— Je suis sûre qu'il y a des gens qui pensent que je suis folle.

Pas de réponse.

— Je veux dire, folle de vous faire confiance.

Il continua à avancer en se taisant.

— Vous savez, un condamné cherche toujours à s'échapper, c'est humain, non ? Dites, vous m'écoutez quand je vous parle ?

Le traîneau poursuivait à la même cadence.

— Oui, oui.

— Si vous vous échappiez, ce serait terrible : mon mari serait tenu pour responsable de votre évasion. Il passerait en conseil de discipline.

— Pas de risque.

Solange médita cette réponse, puis :

— Pourquoi faites-vous toujours tout ce que je vous demande ? Je dis quelque chose, et vous obéissez sans même poser de questions.

Il se figea brusquement, se retourna d'un coup et, pour la première fois depuis leur rencontre, planta ses yeux dans ceux de la jeune femme. Elle soutint le regard en rosissant, jusqu'à ce qu'il se remette en marche, aussi brusquement qu'il s'était arrêté.

Saint-Roc n'entendait rien, mais il avait tout observé. Cela ressemblait à une scène de ménage.

Il crut que son cœur s'arrêtait de battre : ce long regard de Neel et le trouble de sa femme, perceptible bien qu'elle eût le visage dans l'ombre, à cause de l'écharpe dans laquelle elle s'était emmitouflée... De quelle sorte d'émoi s'agissait-il ? Saint-Roc n'avait jamais vraiment regardé le prisonnier ; il le détaillait à présent : petit bonnet posé de guingois sur le crâne tondu, le visage taillé à la serpe, la mâchoire carrée, plus de barbe — il avait demandé à se raser avant le procès —, le nez cassé sans être écrasé, la bouche forte, entourée de deux sillons profonds, et les yeux sombres encadrés pareillement d'un éventail de rides. Quant à la charpente, une sorte de cathédrale humaine : les membres longs et solides, les épaules larges, carrées comme la façade de Notre-Dame... Est-ce qu'il plaisait à Solange ? Pourrait-elle mêler sa douce saveur à celle, âcre et piquante, de Neel ? Saint-Roc pâlit. Il devait se calmer : il n'allait pas, comme ces imbéciles, salir sa femme en pensée...

La jalousie lui serrait cependant la gorge. Ils n'étaient plus qu'à quelques dizaines de mètres, maintenant.

Saint-Roc se remit en selle et agita son chapeau. C'était indigne de lui de les espionner de la sorte. S'il aimait sa femme comme il le prétendait, il devait avoir en elle une foi aveugle.

— Solange ! cria-t-il.

Elle était vraiment ravissante sur son traîneau, avec son large sourire sur ses dents d'enfant.

— Je m'inquiétais, lui dit-il, pour justifier d'accourir ainsi à sa rencontre.

— Neel a rafistolé le toit de la Malvilain, lui expliqua-t-elle. Ce n'est pas facile, à cause du gel. Il faudra qu'il y retourne plusieurs fois.

— Avec toi ?

— Voyons, Roc, on ne peut pas le laisser y aller tout seul, tout de même...

— Non, c'est vrai, on ne peut pas, dit-il en l'embrassant.

Elle sentait bon les goûters d'hiver au coin du feu. Il lui boutonna sa pelisse jusqu'au col.

— Allons-y vite, poursuivit-il, il fait presque nuit.

— Tu vois comme Neel est gentil ? Il ne veut pas que je me fatigue à marcher.

Le capitaine prit des mains du condamné la corde du traîneau et lui tendit la bride de son cheval en échange.

— C'est bien, Neel, c'est très bien de prendre soin de ma femme.

Neel perçut l'ironie du capitaine, lequel se mit à chantonner, d'une voix de basse :

La neige tombe
Blanche, blanche
Tous les chemins en sont couverts...

Solange, se balançant de droite à gauche, reprit en canon :

Tous les buissons
Toutes les branches
Du blanc bouleau au sapin vert...

Deux gendarmes à cheval remontaient au pas la rue déserte.

Visière baissée, le col relevé sur la joue, pétrifiés par le froid, ils ressemblaient à des figurines de plomb dans la vitrine d'un marchand de jouets. C'était la fin du mois de mars, trois mois s'étaient écoulés déjà depuis le nouvel an, et la neige, sans cesse déblayée, formait encore de hauts murs verglacés tout le long des maisons. Un eider, gros oiseau à tête grise, passa au-dessus des cavaliers, annonciateur de la fin prochaine de l'hiver. Le froid n'en était que plus mordant, jouissant de ses dernières heures, et les deux hommes désespéraient de se réchauffer un peu.

Tel qu'on avait l'habitude de le voir depuis son arrestation, Neel maniait une lourde pelle de ses mains enveloppées de chiffons. Il venait de dégager un chemin d'accès devant chez les Descamps et attaquait maintenant, avec toujours autant d'ardeur, l'allée du vieux couple Barbizon, Henriette et René, lesquels l'encourageaient depuis leur fenêtre parce qu'ils ne pouvaient plus sortir de chez eux tant il était tombé de neige pendant la nuit. Neel devait faire vite, s'il ne voulait pas être surpris par le « poudrin », cette tempête de neige si fine et dense qu'elle aveugle et étouffe.

C'était une chose nouvelle, cet homme qui s'occupait du bien-être de ses semblables.

On prenait plutôt conscience, grâce à lui, que l'ancienne tradition d'entraide, si forte dans les îles, s'était étiolée, puis avait disparu. Le voisin n'était plus l'ami, ni le confident, ni le camarade des mauvais jours ; il était devenu, au gré des circonstances, dénonciateur, envieux, diffamateur, celui qui perd la femme d'autrui, celle qui corrompt le mari d'une autre... Dans le meilleur des cas, une sorte d'inconnu.

Le changement avait probablement commencé avec ce qu'on appelait le « retour aux Iles », vers 1816, c'est-à-dire trente-deux ans après que les Anglais eurent chassé les populations de Saint-Pierre et de Miquelon. Parmi les nouveaux immigrants, seul un petit nombre avait des racines dans l'archipel. Les autres étaient originaires de tous les ports de France. On ne se connaissait plus, et on ne parvent plus à se connaître, en dépit de la promiscuité, et du froid qui avait rapproché autrefois autour des poêles de tourbe.

Partout, pire que la haine, une terrible indifférence.

Et voilà qu'un condamné à mort montrait le bon exemple.

Neel ponctuait chaque pelletée d'une lettre de l'alphabet : *a*, *b*, *c*, *d*... Toutes les lettres que Solange lui enseignait s'égrenaient dans sa tête au rythme de son travail. Il soufflait à *z*, et reprenait de plus belle. Le tracé de ces petits signes lui apparaissait en même temps en esprit, et il s'émerveillait de voir qu'il était capable à présent de les visualiser tous, comme des symboles magiques. Il commençait même à savoir former les pleins et les déliés des courbes et des bâtons sur l'ardoise dont sa « bonne fée », ainsi qu'il la surnommait en secret, lui avait fait cadeau. A certains s'alliaient dans son imagination des images qui lui permettaient de les mieux retenir : le *e* figurait un escargot ; le *p* lui évoquait Antoine le charretier, tout maigre avec un gros ventre ; le *q* était comme ce qu'on sait, tant par la forme que par le son.

Neel ne les entendit pas approcher.

— Hé, le condamné !

Les deux gendarmes le regardaient de haut, une main sur le pommeau de la selle.

— Pourquoi t'es pas enfermé ? Qu'est-ce que tu fous dehors tout seul ?

— Je déblaie.

— C'est toi que je vais déblayer, tu vas voir ! lança le plus gradé des deux, en poussant son cheval contre Neel qui recula et heurta une congère.

Il leva sa pelle pour se protéger.

— Tu vas lâcher ça, bon Dieu !

L'animal, effrayé par le cri de son maître, se cabra sur ses pattes arrière. Neel le tint à distance en fouettant l'air de son outil.

A la fenêtre, le vieux couple s'affolait, appelait à l'aide.

— Vous allez la boucler, vous deux ! rugit le gendarme.

Et il fit jaillir son sabre.

Neel réagit d'instinct, sans réelle violence : il détourna la bête du plat de sa pelle et, du manche, frappa le poignet de son agresseur. L'arme alla se planter dans la neige fraîche. Enragé et vexé, le brigadier fit volte-face.

Sautant au bas de son cheval :

— Donne-moi ton sabre, Philémon !

Visiblement embarrassé, le subordonné ne répondit pas à l'injonction.

— Ton sabre, vite !

Le brigadier arracha lui-même l'arme du fourreau, et se rua sur Neel qui n'avait pas bougé et attendait l'assaut, la pelle à la main, jambes écartées, ramassé sur lui-même.

Le cri d'horreur que poussa la mère Barbizon se transforma vite en soupir de soulagement : à l'instant où le sabre se levait, Saint-Roc, surgi de nulle part, envoya un grand coup de pied au derrière à l'agresseur qui s'étala en plein. Le comique avait si brusquement pris le relais du tragique que les deux vieux éclatèrent de rire.

Neel cachait son amusement, et le capitaine sa rage.

— Si vous agissez sur ordre, ce que je crois, lança-t-il au brigadier qui se relevait difficilement, dites à vos commanditaires qu'il pourrait arriver un accident, la prochaine fois... un accident dont je serais l'unique responsable.

A Neel :

— Toi, reprends ton travail !

Le prisonnier frotta ses paumes l'une contre l'autre et se remit à la tâche comme s'il ne s'était rien passé.

Trempé de neige, le brigadier cherchait son sabre des yeux. Saint-Roc le lui désigna du doigt :

— Là-bas, aux pieds de l'assassin.

Confus parce qu'il avait saisi l'allusion, le brigadier n'osa faire un mouvement ; c'est Neel qui lui tendit l'arme.

Saint-Roc remonta à cheval :

— Mon épouse t'attend chez les Sadoul, Neel, tu es invité à déjeuner.

Neel le regarda d'un œil rond. On l'invitait, lui ?

— Non, répondit-il.

Il ne savait comment expliquer qu'il ne le méritait pas.

Une rougeur malsaine, un rond cramoisi sous chaque pommette, colorait les joues de l'enfant, et à chaque éclat de rire, le bas du petit visage barbouillé de morve se striait de rides.

Il y avait bien une heure qu'elles étaient dehors à jouer sur le traîneau, si bien que Solange, qui courait en tous sens pour éviter les plaques d'herbe — la neige fondait à vue d'œil —, commençait à s'épuiser.

— Allez, Antonine, on retourne chez ta maman ! Avec un peu de chance, Neel en aura fini avec ses coups de marteau qui font mal aux oreilles.

Mains jointes, la petite supplia.

— D'accord, un dernier tour, et on y va.

La cabane, presque coquette sous le soleil, était plongée dans un complet silence, si l'on comptait pour rien le bihoreau à couronne noire qui pépiait d'un air crâne, perché sur le manche de la pelle que Neel avait plantée dans la boue.

— Tu vois, plus de marteau !

Antonine répéta comme une comptine :

— Plus de marteau, plus de marteau…

L'enfant dans les bras, Solange se dirigea vers la masure. Lorsque la porte s'ouvrit, c'est toute la petite pièce qui s'éclaira de la lumière du dehors et du miroitement de la neige. Surprise de ne trouver personne, Solange posa Antonine sur la table et referma derrière elle.

— Plus de marteau, plus de marteau…

— Plus rien. Plus de marteau, plus de Neel, et plus de maman.

Sa gorge se serra tandis qu'elle se dirigeait, anxieuse de ce qu'elle allait découvrir, vers le lit que masquait une toile à voile reprisée au gros fil.

Elle sursauta lorsqu'une main calleuse entrebâilla le rideau, et qu'apparut la tête ébouriffée de Neel.

Debout sur la table, Antonine sautillait de bonheur :

— Oh, la bonne cachette ! Oh, la bonne cachette !

Pas fier, Neel reboutonna sa chemise, et la Malvilain, qui avait encore l'œil bordé de reconnaissance et le pourtour des lèvres enflé, en fit autant avec son corsage.

Solange cherchait ses mots.

— Quittez-vous vite, finit-elle par dire. J'attends dehors.

Elle ne fit aucun commentaire pendant le trajet de retour, mais se débattit intérieurement, contrariée par ses sentiments : de quel droit pouvait-elle interdire à un homme promis à la mort de goûter aux plaisirs de l'existence ? Pourtant, elle se trouvait trahie.

Suivant en cela sa nature, elle ne chercha pas longtemps à comprendre, et admit la dualité de ses impressions.

Ils rentrèrent à la rame, louvoyant entre les blocs de glace qui fondaient de jour en jour, et elle regarda, jusqu'à ce qu'ils atteignent l'autre rivage, le dos large de Neel, la nuque épaisse qui se plissait à chaque effort et sur laquelle repoussaient des boucles brunes.

Le son limpide, cristallin de la neige qui ruisselait égayait la cour au sol couvert de boue luisante. Sous le soleil de cette amorce de printemps, les vitres de la serre s'opacifiaient d'humidité. Neel — pour tâcher de se dédouaner ? — s'était mis directement au travail, tandis que Solange était montée passer une robe fraîche.

Gêné par sa corpulence dans le peu d'espace laissé entre les étagères chargées de pots et le brasero qui maintenait la serre à une température clémente, Neel redressait les tiges sur les tuteurs, taillait et abreuvait les plantes. S'il ne connaissait rien au jardinage, il devait avoir des dons, car il avait vite appris.

Ses gros doigts avaient une précision de chirurgien, si bien que Solange, qui l'observait maintenant avec une véritable fascination, remonta en pensée à la nuit du 31 décembre, et au corps massacré du père Coupard.

Elle chassa l'image comme une mouche importune.

— Croyez-vous franchement qu'elles puissent s'acclimater, mes fleurs ?

Neel répondit par un grognement incertain, tandis qu'elle soupirait :

— Moi, je ne sais pas si je le pourrai jamais…

Saint-Roc n'avait pas touché à son assiette.

Dans la cantine de la caserne, il faisait bien plus froid qu'à l'air libre. Les gros murs de pierre avaient emmagasiné la mémoire de l'hiver, de sorte que les soldats, enroulés dans leurs capes, mangeaient avec leurs mitaines. Cette assemblée frileuse, attablée en épi autour d'un poêle poussif en fonte noire, avait quelque chose de cocasse.

Assis au milieu de ses hommes, sanglé dans son uniforme impeccable et qui lui suffisait amplement contre le froid, le capitaine buvait son vin rouge à petites gorgées et dédaignait le ragoût marron qui flottait dans son assiette. Milot, le vieil adjudant au nez en patate qui lui faisait face et auquel il n'avait pas encore adressé la parole, se resservit à la carafe pour la cinquième fois. « On reconnaît l'ivrogne à sa manière de tenir son verre », songea Saint-Roc en étudiant la façon dont le soldat enserrait le sien à pleine main, comme s'il s'était agi d'une poitrine de femme.

Une ordonnance, presque un jeune garçon, passa pour desservir. Découvrant l'assiette intacte :

— Vous avez terminé, mon capitaine ?

Saint-Roc hocha la tête.

— Vous avez perdu l'appétit, mon capitaine ? Quelque chose vous tourmente ? questionna le vieil adjudant.

— Pas faim, c'est tout.

— Pourtant, ici, il n'y a pas grand-chose d'autre à faire que manger… et boire.

Saint-Roc recueillit la dernière goutte de vin sur sa langue.

— Pays de merde !

— Fallait pas vous faire muter ici, mon capitaine.

— Je n'ai pas choisi.

— Et votre femme ? Elle supporte mieux que vous, à ce qu'on dit…

— Mêle-toi de ta soupe, veux-tu ?

Il fit claquer sa timbale sur la table de bois brut et se leva. S'inclinant légèrement :

— Messieurs.

— Il est bizarre, ce type-là, dit une nouvelle recrue lorsqu'il fut sorti.

— Ce n'est pas un type, c'est notre capitaine, rectifia Milot en se versant une nouvelle rasade de rouge. Et bizarre, il l'a toujours été, même au pays. J'en sais quelque chose…

Ce n'est pas qu'il n'avait pas faim, mais il aurait préféré déjeuner chez lui, et se régaler de la mauvaise cuisine de son épouse. Elle n'était pas douée, c'était indéniable, mais elle y mettait tellement de cœur, et ne manquait jamais de s'émouvoir lorsqu'elle le regardait avec anxiété porter la fourchette à sa bouche. Il la rassurait toujours et terminait jusqu'à la dernière miette. La règle voulait malheureusement qu'il déjeunât avec ses soldats, selon le principe qu'un gradé ne doit jamais abandonner ses hommes, et il la suivait à la lettre. Au combat, se dit-il, sous le feu de l'ennemi, certainement, mais à table ? C'était idiot.

Il traversa la cour avec une espèce de nausée, à cause de l'alcool sur son estomac vide, envoya un discret baiser de la main à sa femme qui sarclait une plate-bande, et monta l'escalier qui menait à leur appartement.

Jetée sur une chaise, la robe que portait Solange le matin même, encore pleine de son odeur. Il la pressa contre son visage et roula sur le lit.

— Avez-vous à présent tout ce qu'il vous faut dans cet horrible cachot ?

— Tout.

— Le poêle marche bien ?

— Il marche.

— Il ne fume pas ?

— Non.

— Et le dimanche ? Vous ne vous ennuyez pas, le dimanche ?

Neel ne comprit pas le sens de cette étrange question. S'ennuyer ?

— Eh bien, moi, si ! Et c'est au point que nous avons décidé de nous rendre cet après-midi au dimanche du gouverneur. Parce qu'en dehors de la messe, il n'y a pas grand-chose à faire ici. Et même à l'église, le sermon ne vaut rien... Vous imaginez leurs têtes, à tous, si on vous emmenait avec nous ?

Elle s'improvisa grand chambellan, fit mine de frapper trois coups au sol d'un bâton imaginaire, et proclama avec cérémonie :

— M. le capitaine, Mme la capitaine et M. le condamné, Neel Auguste !

Elle éclata de son rire d'enfant :

— Après, on ne parle à personne et on dévore tous les gâteaux !

Le condamné la regarda avec une tendresse infinie et ne put retenir un petit sourire.

— En tout cas, Neel, personne ne vous empêchera de participer au déménagement du café du Nord. Ce n'est pas tous les jours qu'on transporte un bâtiment sur une plate-forme. Mlle Barbotte a promis une grande fête.

C'était en effet une première : le bâtiment entier devait être déménagé ailleurs, et sans le démonter, d'une seule pièce. Les paris allaient bon train : certains disaient qu'on n'y arriverait pas, malgré tous les calculs de M. Germiquaz, l'ingénieur ; d'autres affirmaient que ça s'était déjà vu, et ils étaient prêts à risquer quelques francs sur la réussite de l'opération.

Elle sortit la tête de la serre.

— Solange ! l'appelait depuis la fenêtre le capitaine en bras de chemise.

— J'arrive, Roc !

A Neel, fièrement :

— Quand il doit revêtir sa grande tenue, c'est moi qui lui sers d'ordonnance.

Et elle s'élança dans un bruissement de jupes qui fit au prisonnier l'impression d'assister à l'envol d'un bel oiseau de légende.

Les messieurs d'un côté, au fumoir, les dames et les très jeunes de l'autre, dans le grand salon.

C'était dimanche chez le gouverneur.

La bonne société de Saint-Pierre ne s'y rencontrait qu'une fois le mois, histoire d'avoir le loisir de soigner ses effets. Les langues étaient alors bien affûtées, toutes prêtes à faire tomber des têtes.

Malheureusement, on manquait souvent de victimes : ce n'est pas très drôle de s'acharner toujours sur les mêmes.

Ennui, frustration : on regrettait les salons parisiens, et jusqu'à ceux de province, les dames surtout.

On n'avait eu qu'un seul cas d'adultère à se mettre sous la dent, de tout l'hiver, et encore, la chose n'était pas entièrement assurée. Ne restaient que Mme La et son condamné, et toutes les variations sur ce thème avaient déjà été jouées, malheureusement.

Mme Vénot, l'épouse du président du Conseil, petite femme revêche à la gorge creuse et à la vue basse, avait beau répéter à qui voulait bien l'entendre qu'on lui avait assuré que le fameux Neel couchait parfois dans le même lit que son geôlier et sa geôlière, personne n'arrivait vraiment à y croire.

Il y eut tout de même pas mal de remue-ménage quand on annonça le capitaine et son épouse. Au moins il y avait cette fois une nouveauté : ils avaient enfin daigné accepter l'invitation du gouverneur, et c'était mieux que rien.

Solange présentait un air modeste, qu'on pensa affecté. Elle portait une toilette simple : on le prit pour une marque de dédain. Ses joues s'ornaient d'un teint de rose, résultat évident de ses débauches, pensa-t-on.

Mme d'Emeray de Charmoy en oublia de porter son gâteau à la crème à sa bouche.

— Regardez comme il la dévore des yeux, sa capitaine.

— Ils ne perdent pas leurs nuits à ronfler, eux ! rétorqua la Vénot.

— J'en donnerais mon mari à couper.

— Nous n'avons pas toutes la chance d'avoir sous la main un condamné à mort pour pimenter notre ordinaire et servir de rival revigorant à nos chers époux.

— A défaut du condamné, essayez le capitaine, ma chère. Il doit être libre comme l'air en ce moment, puisque Mme La a trouvé à s'occuper ailleurs.

— Merci bien. Il serait capable de me gâcher le printemps : c'est le genre d'homme à vouloir ne regarder que sa femme.

Saint-Roc, magnifique dans son plus bel uniforme, lâcha à regret le bras de Solange pour se diriger vers le fumoir.

Bien entendu, il y connaissait tout le monde, même s'il ne fréquentait aucune de ces personnes, ce qui lui permit de saluer l'assemblée dans son ensemble d'un simple claquement de talons.

Ce bruit interrompit net toutes les conversations.

D'Emeray de Charmoy lui offrit son meilleur sourire : il se figurait avoir apprivoisé le capitaine.

Du coup tout le monde fit bonne figure à Saint-Roc. Certains allèrent même jusqu'à lui prendre le bras, à lui prodiguer de petites claques dans le dos, et personne ne parut se vexer lorsqu'il se dégageait un peu brusquement.

Enfin, voyant que tous ses invités étaient réunis, le gouverneur fit tinter contre son verre sa bague ornée d'une trop grosse aigue-marine, réclamant l'attention.

Tous se figèrent et se tournèrent vers lui.

— S'il vous plaît, messieurs… J'aimerais profiter de votre présence au complet pour vous informer qu'un message vient de me parvenir de France. Vous n'ignorez pas que le premier bateau du dégel est en rade…

Là-dessus, il avala une longue gorgée d'alcool, comme si ces quelques mots avaient suffi pour lui assécher le gosier. Et il reposa tranquillement son verre, avant de poursuivre.

— La mère patrie daigne finalement nous envoyer ce que nous lui réclamions, dit-il, certain de tenir son auditoire en haleine. Saint-Pierre-et-Miquelon sera bientôt à l'égal des autres possessions françaises, nous ne ferons plus figure de déshérités. Oui, messieurs, j'ai l'honneur de vous apprendre que notre demande a été accueillie favorablement en haut lieu : on nous enverra une guillotine très bientôt !

Postée derrière la porte du fumoir, pour ne pas perdre Saint-Roc des yeux, Solange avait tout entendu. Elle chancela et se rattrapa au heurtoir. Par la suite, elle raconta à son mari avoir eu une sorte de vision : la tête de Neel sur le pont rougi d'un bateau, parmi les morues qui frétillaient. Cette tête s'emmanchait à un corps de poisson, et un marin indifférent et pressé levait son couteau comme un hachoir…

Le capitaine, de son côté, garda son sang-froid. Il était impassible et raide, comme toujours.

— Vous voyez qu'il ne faut jamais désespérer de la République ! s'enthousiasma Noyal Espinasse.

Et le vieux papa du gouverneur grimaça :

— Les choses allaient plus vite sous la Terreur… pour la désolation de notre famille.

— Et l'exécuteur ? s'inquiéta le président Vénot avec son pragmatisme habituel.

Frisant une mèche de ses cheveux entre ses doigts, le gouverneur avoua qu'il n'était pas fait mention d'un bourreau dans la missive du ministère.

Les autres voulaient tout savoir.

— Est-ce qu'on nous fabrique une guillotine neuve ?

— Je ne pense pas.

— Ah bon ? D'où vient-elle alors ?

— De la Martinique, apparemment. J'imagine qu'ils en ont

plusieurs, là-bas. A cause des soulèvements d'esclaves, avant l'abolition.

— Pourquoi ne pas nous envoyer un exécuteur, dans le même lot ?

— Un bourreau, ça ne s'emprunte pas, messieurs. D'ailleurs, vous devriez savoir qu'aucun capitaine n'en voudrait à son bord, vieille tradition. Pas plus que d'un condamné à mort. C'est qu'on est très superstitieux dans la marine, n'est-ce pas, commissaire ?

— C'est surtout valable pour les hommes d'équipage, tint à préciser ce dernier.

— Alors il aurait fallu en tenir compte avant de refuser la grâce !

— Oh ! ça ne doit pas être sorcier à manier, cet engin. La tête est maintenue au bon endroit, vous levez le couperet, vous lâchez la corde : un jeu d'enfant. Je suis certain que contre une bonne prime, on ne manquera pas de volontaires.

— Et vous, qu'en pensez-vous, monsieur le président du Conseil ?

— Cela ne devrait pas poser de problème. Avons-nous l'ordre formel d'exécuter le condamné ?

— Absolument. Dans les cent jours qui suivront la réception de la machine.

— Alors, tout se passera très bien. Le plus difficile, n'est-ce pas, était d'obtenir une veuve.

— Parfait. Donc, s'il y a dans nos îles un exécuteur public qui s'ignore, conclut le gouverneur, ce sera à vous, monsieur le président Vénot, de le révéler à lui-même. La chose est entièrement sous votre responsabilité, nous nous sommes bien compris, j'espère !

La colère l'emporta sur la bienséance : le cœur battant à tout rompre, Solange pénétra dans le fumoir et se planta devant le petit groupe.

— A vous entendre, messieurs, lança-t-elle, on croirait que vous vous félicitez d'avoir rondement mené votre affaire !

D'Emeray de Charmoy fut ébloui par l'apparition — le courroux allait vraiment bien à Solange —, mais il reprit vite ses esprits.

Se fendant d'un sourire :

— Ce sont là des affaires d'hommes, ma chère.

Noyal Espinasse fut plus brutal :

— Madame, je vous en prie ! N'étalez pas vos jupons au fumoir... Déjà qu'ils narguent chaque jour un futur raccourci !

Le vieux père du gouverneur en souffla d'indignation. Les autres se taisaient, ne sachant comment réagir. Dans le silence général, la voix de Solange s'éleva haut et clair :

— Que dites-vous, monsieur ? Auriez-vous l'obligeance de répéter votre phrase ? Je crains qu'on ne vous ait mal compris.

D'une enjambée, Saint-Roc avait rejoint son épouse. L'œil étincelant, d'une pâleur mortelle, il avait la main sur la poignée de l'épée qui lui pendait au côté.

— C'est vrai, monsieur. Pour ma part en tout cas, je ne vous ai pas bien entendu.

Le gouverneur croisa les mains sur son ventre ; l'altercation semblait le réjouir. Le commissaire, ne sachant auprès de qui trouver un appui, recula d'un pas et bredouilla :

— Je parlais seulement des usages... Ce fumoir n'est-il pas notre dernier refuge contre les dames, fussent-elles nos épouses ? Je me contente de citer de mémoire les propos que monsieur le gouverneur nous a si souvent tenus...

Ce dernier poussa un soupir ravi et s'exclama :

— Ah, non ! N'allez pas me mettre une mauvaise affaire sur les bras avec le capitaine. Sa réputation d'escrimeur ne me permettrait pas d'espérer conserver la vie sauve. Parlez pour vous-même !

Le vieux d'Emeray de Charmoy aussi était aux anges. Saint-Roc s'approcha encore :

— Vous avez mentionné un jupon, je crois ?

— Mais, pas du tout... bredouilla Noyal Espinasse. J'ai été surpris par l'irruption de Mme La, enfin, là, je veux dire au fumoir. Je vous assure, rien de plus.

— Dans le doute, j'apprécierais des excuses. Ici, tout de suite, et à haute voix. Que tout le monde entende.

Noyal Espinasse avait de grandes espérances côté carrière, et peu d'expérience avec les armes. Il ne manquait pas, surtout, de couardise. Il ne pesa pas le pour et le contre très longtemps.

— Madame, dit-il, je vous présente mes plus plates excuses pour ce que vous avez cru comprendre et que je n'ai pas voulu dire.

Le père du gouverneur ricana bruyamment. Le reste de l'assemblée paraissait déçu : cet armistice les frustrait d'un affrontement qui aurait alimenté les conversations pour l'année à venir. On n'allait donc pas se battre ?

Saint-Roc lui-même semblait désappointé. Tandis que Solange essayait de l'entraîner, sinon de le calmer, il lança encore au commissaire de la marine :

— Vous venez de perdre la face, monsieur. Pour perdre le reste, il vous suffirait d'un mot.

— Roc, s'il te plaît…

— Notez que je serais ravi que vous en eussiez le courage, ajouta-t-il.

Espinasse ne savait plus où se mettre. S'il avait pu disparaître cent pieds sous terre, il aurait payé pour cela la moitié de son traitement.

— Alors ?…

Pas de réaction.

— Tant pis. Une autre fois, peut-être ?

Le capitaine dégagea doucement le bras que sa femme avait posé sur son épaule, et lui tendit galamment le sien. D'un mouvement de la tête, il lui indiqua qu'il était temps pour eux de se retirer : ils se mirent en chemin en accordant leur pas, comme deux danseurs qui n'auraient jamais eu d'autre partenaire.

Le menton levé, très dignes, sans se presser, indifférents aux autres qui les dévisageaient avec stupéfaction, ils traversèrent ainsi tout le fumoir, puis la grande salle de réception. Solange se souvenait de son mariage, à l'église, quand ils avaient quitté l'autel ensemble ; elle n'était pas plus radieuse ce jour-là.

— Au plaisir ! dit-elle depuis le seuil. Enfin, si l'on peut dire…

Ils regardaient droit devant eux, et l'on sentait que rien ni personne n'aurait pu les arrêter. Même parmi celles qui se répandaient quotidiennement en ragots sur le couple, il n'y avait pas une femme qui ne fût émerveillée par la noblesse de cette sortie et qui n'aurait tout donné pour être à la place de Solange.

— Cet homme-là n'a même pas besoin de nous foutre, pour faire cocus nos maris, murmura une voix à l'oreille de l'épouse du gouverneur.

— Franchement, je préférerais qu'il en eût besoin, ajouta Mme Vénot.

Pour les hommes qui se trouvaient encore au fumoir, comme pour tous les autres convives, l'éclat de rire des deux femmes se passait d'explication.

Avec la fonte des neiges, une sorte de marécage s'était formé autour du café du Nord. L'établissement menaçait de s'enfoncer. Pour les habitués, c'était devenu une véritable expédition que d'aller y boire un coup. Il fallait choisir entre chausser des bottes de pêche ou relever son pantalon jusqu'à mi-cuisses. Pas question pourtant de renoncer à s'y rendre : la vénérable institution ne désemplissait pas, mais on râlait.

La protestation s'aggrava lorsque l'eau commença à s'infiltrer à l'intérieur. Pourquoi les autorités ne faisaient-elles rien ? La maréchaussée fut prise à partie. Il y eut un rapport, suivi d'une pétition, suivie de chansons d'ivrogne qui n'étaient pas à l'avantage du gouverneur. Du coup, on nomma un comité pour s'attaquer au problème.

On songea d'abord à abandonner l'édifice au vent et aux eaux qui seraient vite venus à bout de la structure sur pilotis, et à en rebâtir un autre ailleurs, plus solide et sur un terrain plus sûr. Mais le café du Nord, c'était l'âme de Saint-Pierre, l'unique rempart de la ville contre l'ennui et le cloisonnement. Mlle Barbotte, patronne des lieux, n'y aurait pas suffi ; on voulait conserver les murs de planches noircis par la fumée du poêle, qui gardaient la trace et l'écho de trente ans de rires et de querelles.

Le bâtiment était pourtant devenu trop exigu. En période de pêche surtout, lorsque débarquaient de la métropole les marins venus en renfort, la salle ne parvenait plus à accueillir tout le monde ; les morutiers se massaient à l'extérieur, les uns ayant apporté leur propre bouteille, la partageant souvent, les autres jouant des coudes pour se frayer un chemin jusqu'au comptoir chaque fois qu'ils avaient le gosier un peu sec. L'ambiance ne retombait qu'au début de l'hiver, quand prenait fin la saison de la pêche, et que s'annonçaient de longs mois d'oisiveté.

Il fallait donc le garder intact, mais replanté plus loin, et l'agrandir.

L'idée était venue de Maurice et de Noé. Chez eux, en Acadie, c'était une pratique courante. On la proposa à M. l'ingénieur, qui voulut bien relever le défi : on allait déplacer le café du Nord, comme on déplace une charrette lorsqu'elle obstrue un chemin.

Emue et fébrile, Mlle Barbotte offrit le rhum : tournée générale. C'est qu'on en aurait besoin !

Grâce à cette largesse, la patronne disposa bientôt de plus de bras vigoureux qu'il n'en fallait.

Les plus forts, de l'eau jusqu'aux genoux, soulevèrent le bâtiment à l'aide de longues barres de fer. Ces leviers permirent de le caler sur le rebord d'une vaste plate-forme munie de roues, construite à cet effet, puis on l'y hissa en s'aidant de gros câbles de marine.

Et le prodige s'accomplit. La charpente de bois grinça, mais elle tint bon. Il n'y avait plus qu'à l'arrimer solidement, avant de tirer le café du Nord jusqu'à l'emplacement qu'on lui avait prévu, sur le port du Barachois, à une centaine de mètres de là.

Tous les habitants de la ville et de ses environs assistaient à l'événement. Il faut dire que c'était merveille que de voir une maison se déplacer parmi les maisons. Les uns s'arc-boutaient sur les filins, les autres poussaient par-derrière et sur les côtés, et ceux qui n'avaient pas de place pour participer à l'opération chantaient à tue-tête pour encourager les haleurs.

L'effort des hommes suants et haletants rappela à Solange les gravures d'un livre que possédait son père, où l'on voyait comment avait été érigé l'obélisque du Vatican. Dans les vieilles pages piquées de rousseurs, elle avait découvert une anecdote qui avait fait ses délices de jeune fille. A l'époque, elle ne connaissait rien de plus osé : lorsqu'il avait fallu hisser sur son socle le trophée rapporté d'Egypte, les cordes s'échauffèrent à cause du frottement ; elles fumaient et elles se seraient rompues si un soldat de la garde pontificale n'avait eu l'idée de baisser ses chausses et d'uriner sur les poulies pour les refroidir... Et puis il s'était rendu compte de ce qu'il avait fait : il avait offert le spectacle de ses parties honteuses au souverain pontife, cette impiété, ce crime de lèse-majesté lui vaudrait sûrement la mort. Le pape n'eut pas cette cruauté ; il remercia même généreusement l'ingénieux serviteur qui avait pissé devant lui.

Solange se demanda si ce pape n'aurait pas eu la même bonté pour Neel.

Il tirait comme quatre en tête des haleurs. Et cela ne l'empêchait pas de chanter plus fort que les autres. Et il riait en même temps comme s'il ne connaissait rien de plus amusant que de jouer des muscles parmi ses frères marins, d'être au milieu d'eux, pareil à eux, et tous unis par l'effort.

Solange songea que c'était la première fois qu'elle le voyait rire de la sorte. Cela laissait deviner un peu l'homme qu'il avait été. Avant... Avant que le drame ne s'abatte sur lui, car le meurtre du père Coupard, pour Solange cela ne faisait plus de doute, ce meurtre n'était qu'un coup du destin, comme un tremblement de terre ou le choléra, quelque chose de terrible enfin qui broie les malheureux sans qu'ils n'y puissent rien, et qui n'est au fond que le fruit de la malchance.

Et lui riait, oublieux du drame, comme s'il n'avait jamais été jugé et condamné, profitant tout son saoul de la fête.

Une trentaine de mètres avaient été parcourus. On allait aborder la pente de la rue principale. On pouvait s'accorder une pose.

Neel se mit torse nu et essuya à l'aide de sa chemise la sueur qui l'inondait.

Il fallait inverser les forces à présent : le plus dur, en raison de la pente, serait de retenir la plate-forme. Le câble de l'avant fut donc fixé à l'arrière, et l'on changea de position.

On ne sait qui eut l'idée de jucher Mlle Barbotte sur la plate-forme, comme sur un char de carnaval. Elle se laissa en tout cas faire de bon cœur et se mit aussitôt à distribuer des baisers à la ronde, fière comme une reine. Elle ferait dans l'artère principale une entrée digne de ce nom.

Le signal du départ allait être donné quand retentit la voix du docteur Calmette.

C'était le médecin qui avait procédé au constat de décès du père Coupard, venu fixer l'événement. Il avait reçu par *La Méritante*, le jour de l'arrestation de Neel, un appareil photographique, grosse chambre d'acajou à montants de cuivre, qui se vissait sur un trépied et mettait le monde à l'envers. Le cadavre avait été inhumé avant qu'il n'apprenne à se servir de l'instrument, mais il s'était entraîné depuis sur les bateaux, sur les rares fleurs de l'île, sur le chancre d'un vieux qu'on lui avait amené de Miquelon, sur le pied bot du fils Jannequin, sur une ancre abandonnée, prise dans la banquise, et autres sujets de choix. Il maîtrisait maintenant assez bien l'appareil, et il n'était pas question pour lui de ne pas immortaliser sur la plaque sensible le déplacement inouï du café du Nord.

Tout le monde prit la pose et Mlle Barbotte leva le bras comme une figure de la liberté en marche lorsque le docteur Calmette compta jusqu'à cinq en appuyant sur la poire qui déclenchait l'obturateur. Solange chercha Neel des yeux : il s'était dissimulé à l'écart.

Enfin, sa patronne en proue, le café du Nord s'engagea dans un tonnerre d'applaudissements sur la pente qui menait au port.

Pratiquement couchés en arrière, se retenant des talons, les muscles tendus à craquer, cinq hommes luttaient pour ne pas être emportés par la déclivité. Les autres avaient abandonné prudemment la partie. A peine si çà et là une main s'accrochait encore aux côtés latéraux de l'estrade.

Solange eut comme un pressentiment, mais avant qu'elle pût le confier à Saint-Roc qui lui donnait le bras, l'amarre d'un des filins céda brusquement, et les cinq marins qui la tenaient dont Neel, se retrouvèrent le cul par terre. Les autres s'écartèrent. Et la plate-forme commença à prendre de la vitesse.

S'accrochant de son mieux à une des cordes qui arrimaient le bâtiment, tétanisée de peur, Mlle Barbotte se mit à hurler.

Solange se mordit le gras de pouce en priant pour un miracle.

Dans un instant le char allait s'écraser contre l'église, en bas de la rue.

Elle ne vit pas tout de suite que Neel s'était relevé d'un bond et qu'il courait de toutes ses jambes. Alors que ses compagnons se contentaient d'assister à l'inévitable, sans tenter un geste, il dépassa la masse folle et essaya d'enrayer sa course, du dos, des épaules, à lui tout seul. Mais ses pieds glissaient sur la boue, et il devait se rétablir bien vite, en sautant comme un saltimbanque, et en pédalant dans le vide, pour éviter que la plate-forme ne lui passe sur le corps.

A un moment, il cria à Mlle Barbotte :

— La poutre, là, à droite, passez-la-moi, vite !

Quand elle comprit de quelle poutre il parlait, la patronne du café la poussa vers lui du talon. Neel s'en saisit aussitôt et la cala en étambot contre la plate-forme. Un peu plus loin, une grosse pierre de granit dépassait du sol.

— Accrochez-vous ! hurla-t-il à Mlle Barbotte.

Et il se prépara à l'impact. Si la pièce de bois cédait, il mourrait écrasé. Elle ne céda pas : le choc envoya Neel bouler à dix mètres, mais le char, dans un craquement rauque, s'immobilisa enfin…

Après un instant de stupeur, la foule éclata en bravos. Solange faillit en pleurer de joie. Tout le monde voulait toucher Neel, lui serrer la main. Il y eut même une petite vieille qui lui embrassa le bout des doigts. Il avait une cheville abîmée, toute une cuisse râpée sous le pantalon en lambeaux, mais il ne voulait pas qu'on sache qu'il avait mal, pour ne pas gâcher la joie générale.

Mlle Barbotte prit son sauveur dans ses bras et le serra à l'étouffer. Les mots lui manquaient pour lui exprimer sa gratitude, elle finit par lui dire, d'une voix chevrotante :

— Neel… Je te fais membre honoraire du café du Nord… A vie… Et ta vie sera longue !

Et tout le monde reprit ce souhait en chœur. Il y eut encore des vivats et des acclamations, puis le rhum recommença de circuler à la ronde.

Neel trempa à peine les lèvres dans le verre qu'on lui tendit. Il se tourna vers Solange : à travers ses cils baignés des larmes qu'elle n'avait pu retenir, elle vit qu'il lui souriait.

Saint-Roc se remémorait la prouesse qu'avait accomplie son prisonnier, tout en contemplant les fleurs qui commençaient d'éclore dans la petite serre. Leurs pétales lui évoquaient la fraîcheur d'âme de la femme qu'il aimait : elles respiraient un parfum de candeur, presque naïf, qui aurait pu attendrir, se disait-il, les cœurs les plus durs. Elles étaient aussi le symbole de la vie qui renaissait ; mais au-delà du printemps, c'est à Neel également qu'il songeait, car si Neel avait pris une vie le jour de Noël, il en avait sauvé une autre avec le retour des beaux jours. Le voilà quitte envers Dieu, sinon envers les hommes…

Un soldat arrivant au pas de course l'arracha à ses réflexions.

— Mon capitaine, M. Vénot vous demande !

Saint-Roc huma longuement la rose qu'il tenait entre ses mains.

— Il veut vous parler, capitaine… Mon capitaine ?

— J'ai entendu.

Saint-Roc prit tout son temps pour aller accueillir le magistrat à la porte du fortin.

Là aussi, à cause du dégel, le sol s'était transformé en boue. Le président du Conseil ne voulait pas salir ses souliers ni son pantalon, et il avait un grand sens de la hiérarchie sociale. Un militaire ne saurait être comparé à une personne de son rang. Il ne descendrait pas de sa calèche, il se contenterait d'en ouvrir la portière. D'ailleurs son cocher, après avoir averti la sentinelle, avait regagné son siège.

Qu'est-ce qui retenait si longtemps Saint-Roc ?

A travers la vitre de sa calèche, Vénot vit enfin s'ouvrir le lourd battant, bardé de plaques de fer. Le capitaine en sortit d'un pas nonchalant, une fleur rouge à la main. Que faisait-il encore ? Au lieu de se diriger vers la voiture, il restait planté devant la guérite, et il attendait.

Vénot en grogna d'indignation : Saint-Roc plongeait ostensiblement le nez dans sa rose, comme si rien n'était plus important que son parfum.

Le magistrat finit par céder. Il mit pied à terre, avec force soupirs. Contenant avec peine la rage qui bouillait en lui, il entreprit d'éviter les flaques boueuses. Deux petits pas de côté, une longue enjambée, un détour pour éviter une ornière… La boue s'accrochait à ses semelles. Enfin :

— Capitaine, lança-t-il avec une bonne humeur affectée, notre illustre condamné a réussi un bel exploit, cet après-midi. Il a sauvé le café du Nord !

— Et Mlle Barbotte.

— Les deux sont indissociables. Et que serait devenu Saint-Pierre, je vous le demande, s'il avait été privé de cet illustre établissement ?

— Et de sa propriétaire.

— Oui, oui, cela va de soi. Quel athlète, hein ! Faisons quelques pas ensemble, voulez-vous ?

— Nous sommes très bien ici. Pourquoi n'en venez-vous pas au fait ?

— Je préférerais vous entretenir seul à seul.

Ce fut au tour de Saint-Roc de soupirer. Ils longèrent la muraille nord du fortin. Le capitaine inhalait par instants le parfum de sa fleur. Le magistrat fixait le sol par crainte des flaques. Quand ils se furent suffisamment éloignés :

— La popularité de ce Neel Auguste, commença Vénot, devient préoccupante.

Il n'ajouta pas « par votre faute », mais c'était tout comme.

— Ah ! fit le capitaine. C'est vrai que vous avez la mine soucieuse.

— Et je ne suis pas le seul.

— Je m'en doutais.

— Nous pensons… Nous pensons que ça risque malheureusement de retomber sur vous.

— Et comment, je vous prie, la popularité du prisonnier pourrait-elle m'être une charge ?

— A cause de vos obligations.

— Cessez de tourner autour du pot. Je ne comprends rien à ce que vous dites.

— Ce sera vous, finalement, qui aurez à assurer l'exécution du condamné. Vous devrez le conduire à l'échafaud, n'est-ce pas ? C'est ce que stipule l'état-major, dans le chapitre concernant la partie pénitentiaire de votre mission...

— Et ?

Saint-Roc s'était arrêté pour fixer dans les yeux le président du Conseil. Celui-ci fit la grimace : cette fois, il n'avait pu éviter de mettre le pied en plein dans une mare de boue jaune, il s'en était même éclaboussé tout le mollet.

— Je comprends votre embarras, reprit-il. Ça ne va pas être simple d'éviter les incidents le jour de l'exécution. Entre nous, je préférerais qu'elle n'ait jamais lieu. Nous avons dû trop attendre. Et comme je vous le disais, le Neel Auguste est devenu beaucoup trop populaire. Que voulez-vous, on a condamné une brute criminelle et on va raccourcir un bienfaiteur ! C'est bien simple, chaque foyer voudra bientôt l'avoir à sa table du dimanche ! Et nous, nous avons le devoir de mettre à mort ce brave homme, c'est contrariant...

Saint-Roc prit le parti de se taire. Il s'ingéniait cependant à choisir l'itinéraire le plus boueux, et le magistrat était bien forcé de l'y suivre. Il ne lui épargna pas une flaque.

— Car nous avons des ordres. Paris exige qu'on lui coupe la tête, à votre protégé ! Nous n'y pouvons plus rien. Vous comprenez : le respect de la justice, l'exemplarité de la peine... Votre épouse a montré trop de compassion. Je ne l'en blâme pas. C'était sûrement charité chrétienne, mais voilà, cela peut se retourner contre vous, vous connaissez la foule...

Il devait à présent doubler le pas pour demeurer à la hauteur du capitaine.

— Sérieusement, c'est ce que me disait M. le gouverneur, il n'y a pas un quart d'heure, de quoi aurons-nous l'air le jour fatidique si la foule, qui a voulu le lapider le soir du jugement, je vous le rappelle, embrasse la cause du condamné ? Et quand je dis nous, je pense aussi bien à Mme votre épouse et à vous-même qu'à moi, qu'à d'Emeray de Charmoy, ou qu'à cet avorton de Noyal Espinasse. Alors dites-moi, franchement, que comptez-vous faire lorsque la veuve va débarquer à Saint-Pierre ?

Saint-Roc sembla interroger le ciel où s'enfuyait un albatros. Comme s'il obéissait à un signe que lui avait donné l'oiseau, il tourna brusquement les talons et reprit la direction de la caserne. Interloqué, Vénot courut après lui.

— Je suis en droit d'exiger une réponse !

Sans même se retourner, le capitaine lui dit qu'ainsi qu'il en avait déjà assuré le gouverneur, le condamné restait à la disposition de la justice, et que sitôt qu'on aurait dressé la guillotine, et qu'on lui aurait trouvé un bourreau, il remplirait ses obligations, comme tout soldat doit le faire.

— Mais d'ici là ? insistait le magistrat. Quelle mesure comptez-vous prendre en attendant ? Notre République est chatouilleuse, capitaine ! Prenez garde : face aux multiples séditions qui la menacent, ses réactions sont violentes, impitoyables, même !

— Merci de me prévenir.

Il claqua des doigts en direction d'un garde posté près de la guérite, un seau d'eau à la main. Celui-ci en aspergea les bottes fangeuses de son supérieur, qui retrouvèrent aussitôt tout leur éclat.

— Par ailleurs, ajouta Saint-Roc en toisant une dernière fois le magistrat, je vous le répète, si quelqu'un n'approuve pas la façon dont j'accomplis mon devoir, qu'il en réfère à l'état-major.

Il lui tendit la fleur dont il n'avait pas cessé de faire rouler la tige entre ses doigts.

— Tenez, monsieur le président, c'est votre futur raccourci qui vous l'offre.

Et, jetant un regard navré sur les chaussures maculées du magistrat :

— Votre Conseil devrait se préoccuper d'urgence de l'entretien de la chaussée, vous ne trouvez pas ?

La porte du fortin se referma derrière lui.

Furieux, Vénot jeta la fleur par terre et, se crottant de plus belle, regagna sa calèche par le plus court chemin.

L'Acadien jouait un air de son pays qui sonnait à la façon d'un pied de nez, et il virevoltait dans la lueur des lampes à huile autour de la Malvilain qui dansait avec Neel.

Ce n'était pas une femme de la première jeunesse et la vie ne l'avait pas épargnée. Rouge, échevelée, emportée dans le joyeux crin-crin du violon de Noé, la veuve semblait cependant avoir puisé dans la fête en l'honneur de son compagnon une force, un éclat, une plénitude qui la transfiguraient, ou plutôt qui rendaient sensible à tout le monde la beauté qu'elle portait en elle et que la misère avait réussi jusque-là à étouffer.

Elle n'avait d'yeux que pour son homme, et cela l'illuminait.

Autour d'eux, on se mit à battre la mesure. Certains tapaient dans leurs mains, d'autres entrechoquaient des verres. Le raffut était terrible. Cela faisait longtemps qu'on ne s'était pas autant amusé.

Plus loin, il y en avait qui réussissaient malgré tout à ronfler déjà, saturés d'alcool, la joue écrasée contre le bois des tables.

La petite Antonine avait lutté de toutes ses forces contre l'engourdissement. Elle faisait à présent des ronds de salive sur le corsage de Solange qui la berçait contre elle comme si c'était sa fille.

Les réjouissances touchaient à leur fin, mais Mlle Barbotte, le torchon à l'épaule, continuait à s'activer partout à la fois, remplissant les gobelets, riant à droite, gourmandant à gauche, esquissant quelques pas de gigue, ramassant les écuelles luisantes dont un morceau de pain avait épongé jusqu'à la dernière goutte le brouet aux haricots noirs qu'on avait servi, et elle n'oubliait pas de remuer de temps à autre ce qui en restait au fond de la marmite et qui répandait désormais une forte odeur de lard brûlé.

Quand l'église sonna dix heures, les buveurs reposèrent leurs verres, le violon se tut soudain et les danseurs se séparèrent. On secoua les dormeurs : chez les pauvres, on se couche tôt.

A l'extérieur, bien droit sur la selle de son cheval qui raclait l'herbe rase du sabot, Saint-Roc observait les adieux d'un air songeur. La tête du héros de la soirée dépassait les autres : cette tête qui riait allait bientôt tomber sous le couperet.

« Bravo Neel ! Au revoir madame La ! Et encore bravo ! Vive Neel ! » Quand s'épuisèrent les dernières exclamations, le condamné boutonna sa vareuse et prit l'enfant des bras de Solange. Il renversa le petit corps alourdi de sommeil sur son épaule et se mit en marche, suivi de la Malvilain.

Ils prenaient le chemin du port. Saint-Roc donna de l'étrier et les rejoignit.

Sautant au bas de son cheval, il serra sa femme contre lui avec une brusquerie qui la surprit, et qui le surprit lui-même.

— Tu as entendu ce que disent les gens ? lui demanda Solange.

— Vive Neel, je sais. Tout l'archipel est déjà au courant. Si ça continue comme ça, on finira par le décorer.

— Pour l'instant, répondit Solange, tu pourrais peut-être l'autoriser à raccompagner jusque chez elles Antonine et sa maman… Tous ceux de l'Ile aux Chiens sont déjà rentrés, et la petite dort à poings fermés.

Sans que sa femme lui en ait jamais parlé, Saint-Roc se doutait que le condamné avait une liaison avec la veuve.

— Je te donne jusqu'à demain matin, huit heures, lui lança-t-il.

Les yeux de Neel s'écarquillèrent d'étonnement. Il n'en revenait pas. Une nuit entière ? C'était le plus beau cadeau qu'on pouvait lui offrir.

Saint-Roc ne le laissa pas s'attendrir :

— Cela devrait te suffire pour faire l'aller et retour, hein ?

Neel prit la main de la Malvilain et le couple s'éloigna en direction de la grève où était échouée une des barques affectées à la traversée. Ils avaient tous deux la même démarche, un peu pataude.

— Mlle Barbotte l'a fait citoyen d'honneur du café du Nord ! Tu te rends compte ? A vie !

— Alors, qu'il en profite le plus possible !

TROISIEME PARTIE

— Ma Bretagne ! s'exclama-t-il.

C'était sorti tout seul, et ce cri du cœur dont il ne perçut pas le ridicule lui résonna dans la poitrine avec l'écho du bonheur.

M. Tambour, comme on l'appelait, reposa ses rames pour profiter du spectacle : l'Ile aux Chiens étendait à fleur d'eau ses roches de granit, que rosissait le soleil de juillet. Et il songeait tout naturellement à sa Bretagne, à Paimpol dont il était originaire et où, malgré la chanson, il n'y avait jamais eu la moindre falaise — mais du granit rose, véritablement rose, oui, en pagaille.

La vue lui rappelait sa terre natale, et du coup sa femme lui manquait. Pas ses enfants ; il ne les avait pas vus grandir. Les deux plus petits étaient morts, à ce qu'on lui avait rapporté.

M. Tambour considéra son instrument de travail, qu'il tenait coincé entre son ventre et ses genoux. Un côté lui servait à annoncer les bonnes nouvelles, l'autre les mauvaises. Il avait donné un petit nom à chacun : « Peau de liesse » et « Peau de fesse ». Dans quelques minutes, ses baguettes frapperaient la face qu'il n'aimait pas. Mais alors pas du tout. Surtout aujourd'hui. C'est pourquoi il retardait le moment où il lui faudrait poser le pied sur l'île et faire rouler son tambour.

Il avait voulu commencer par le plus difficile, par l'Ile aux Chiens. Par souci d'honnêteté.

Il savait que, dans la dernière cabane sur la gauche, chez la Malvilain…

Chez la Malvilain, on était réuni autour de la table, une vieille porte récupérée après l'incendie de 1876, montée sur deux barils. Le ragoût du dimanche, alors qu'on était mardi, fumait dans les écuelles. Haricots et choux, l'ordinaire, relevés du lièvre pris au collet par Neel. Autant dire un festin. Au centre de la table, un énorme bouquet de fleurs vous attrapait l'œil.

— Voyons, Antonine, tu pourrais te débrouiller toute seule…

— Non, laissez, dit Solange en calant la petite sur ses genoux.

Et, soufflant sur la cuillère pleine :

— Cela me fait plaisir !

— Mais vous allez manger froid !

— Aucune importance.

Le nez dans son assiette, Neel n'osait croire à autant de félicité. Depuis quatre mois maintenant, c'est-à-dire depuis le jour où l'on avait déplacé le café du Nord, et où il avait été traité en héros par tous les gens de Saint-Pierre, il avait l'impression de ne plus être le même, et d'avoir changé d'existence. Lui-même ne se trouvait pas différent, bien sûr, mais le monde avait pris une autre physionomie, et il se répétait : « Ah, si j'avais su… ! » Il découvrait depuis peu que l'on pouvait aimer la vie.

— Vous n'avez pas paru étonné, ce matin, quand je vous ai demandé de couper nos fleurs, lui dit Solange.

— Si, mais…

— Mais quoi ?

— Je me doutais un peu que c'était pour ma Léontine.

— Votre Léontine ? Tiens, tiens… Dites donc, c'est presque une déclaration, ça !

Elle regarda la Malvilain qui se trémoussait sur son tabouret, gêne et fierté mêlées.

— Eh bien, Léontine, vous en faites, des manières !

— C'est que…

Il y avait quelque chose que la veuve ruminait depuis plusieurs jours, et qui lui démangeait les lèvres.

— C'est que quoi ? insistait Solange.

Léontine désigna son ventre.

— Neel et moi, faudrait peut-être qu'on se marie avant que je sois trop grosse.

Neel en lâcha sa cuillère de stupéfaction : il apprenait la nouvelle en même temps que Solange, laquelle, très troublée, ne sachant que dire, faisait aller son regard de l'un à l'autre.

— Excusez-moi, trouva-t-il enfin à dire.
— Mais… vous n'avez pas à vous excuser, Neel.

Le tambour ne retentissait pas souvent sur l'Ile aux Chiens.

Les gens s'approchaient par petits groupes, intrigués et craintifs. Peau de liesse ou peau de fesse ? Une kermesse sur la grand-place, une embauche massive, un mariage ? Un nouvel impôt, un décès ?

Solange devint toute blanche en entendant rouler les baguettes : toute la joie de la journée s'en alla d'un coup. Neel et Léontine baissèrent la tête. La petite Antonine leva le doigt :

— Oh, le tambour !

Ils sortirent de la cabane, sans se presser ; pour eux, les nouvelles ne pouvaient être que mauvaises. Et ils préférèrent rester hors de vue, derrière la petite église.

— Avis à la population !

Le texte était écrit gros : M. Tambour avait une mauvaise vue, et pas de lunettes pour y pallier. Il colla son nez sur la feuille de papier qu'il avait cérémonieusement dépliée.

— Le Conseil demande, pour aider au respect des lois de la République, que toute personne adulte du sexe masculin, n'ayant jamais été traduite en justice, et qui voudrait assurer la charge d'exécuteur public, avec tous les avantages de ladite charge, se présente au palais du Gouvernement.

Solange serra fort le bras de Neel et Léontine ferma son tablier sur son ventre, tandis que la petite fille sautait à cloche-pied sur une marelle imaginaire.

M. Tambour répéta son avis, pour ceux qui n'auraient pas compris. Puis il rangea ses baguettes.

Une femme s'avança vers lui, et se campa sous son nez, les mains sur les hanches. C'était Lucie, la lavandière qui s'était moquée de Neel, la première fois qu'il était venu « aux Chiens ».

— C'est quoi au juste, m'sieur Tambour, un exécuteur public ?

Le crieur ne répondit pas tout de suite.

Léontine Malvilain voulut s'avancer à son tour, son enfant

dans les bras. Personne ne s'écarta sur son passage ; au contraire, les corps se refermaient sur elle, comme pour la protéger, lui faire un rempart contre toute cette souffrance qui l'attaquait du dehors.

— Ce n'est pas pour couper la tête à Neel, des fois ? cria-t-elle d'une voix qui déraillait.

— Possible, répondit le tambour sur un ton qui laissait transparaître sa détresse. Mais… je ne suis pas censé le savoir.

Solange murmura à l'oreille de Neel :

— Ils ne trouveront personne pour faire une chose aussi horrible. Personne n'en est capable.

Il haussa les épaules :

— Ce n'est pas difficile de tuer un homme…

Il en savait quelque chose.

— Je vous dis que cela n'arrivera pas !

La conviction de Solange avait quelque chose de pathétique.

M. Tambour n'avait jamais été aussi embarrassé de toute sa carrière ; c'est bien vrai ce qu'on dit sur les porteurs de mauvaises nouvelles : on les tient toujours pour responsables de ce qu'ils annoncent. Fichu métier…

Comme pour se rattraper, au moment de redescendre vers la grève, il proposa à la cantonade de ramener qui voulait à Saint-Pierre, dans sa barque. Personne ne répondit à l'invitation, et c'était très inhabituel. En fait, tous les gens de l'île s'égaillèrent très vite, la mine basse, sans se lancer dans les commentaires ordinaires, et rentrèrent chez eux. Ils fermèrent leur porte, et ça non plus ce n'était pas dans les habitudes, avec une température aussi clémente.

Solange saisit Neel par une main, la Malvilain par l'autre, et les entraîna en courant vers son doris amarré à la digue :

— Grimpez vite, cela ne va pas se passer comme ça !

La petite Antonine faisait mine de trouver toute cette excitation formidable ; prétendues œillères de l'enfance…

Ils atteignirent le port de Saint-Pierre avant le crieur public.

Dès qu'elle eut mis pied à terre, Solange s'élança vers le café du Nord ; il trônait au bout du quai comme un énorme casier à homards.

Troublant la torpeur de l'heure creuse, elle se planta au beau milieu de la salle :

— Vous êtes au courant, vous tous ?

Les buveurs levèrent vers elle leurs regards éthérés, tandis que Mlle Barbotte, tortillant son torchon, trépignait déjà de curiosité.

— Dites voir ! Dites voir !

— M. Tambour, fit Solange, annonce partout que le Conseil veut embaucher un bourreau.

Neel, derrière elle, semblait tout intimidé de monopoliser ainsi l'attention.

— Ils veulent payer quelqu'un pour le tuer !

La patronne assena un grand coup de torchon sur le comptoir :

— Ah, les salauds !

Un marin tituba vers Neel et le serra dans ses bras.

— T'inquiète pas, l'père, y a pas d'bourreau dans not'île. Y a des pauv' gars, mais pas d'bourreau !

Un autre, à moitié affalé sur une table, bougonna que cela n'était pas si sûr.

— Pas si sûr ? s'offusqua Mlle Barbotte en propulsant Neel vers l'auteur de ces mots. Alors tu veux combien, Granjean, pour lui couper le cou ?

Elle dégagea le col du condamné :

— Regarde bien, hein, et imagine-le quand il sera attaché sur la planche…

D'horreur, Granjean bascula sa chaise en arrière.

— J'ai pas dit que c'était moi qui ferais une chose pareille ! se défendit-il.

— Te crois pas mieux que les autres ! Couper la tête à quelqu'un… fit-elle avec dégoût. Et celui-là, en plus !… Y a personne pour ce travail-là, ici !

Un murmure parcourut l'assemblée.

Cette approbation générale donna à chacun le sentiment qu'ils étaient assez forts à eux tous pour faire quelque chose. Ils ne savaient pas quoi au juste, mais il semblait impensable que tant de bonnes volontés unies ne pussent venir à bout de tous les obstacles. Quand quelqu'un fit remarquer à un moment, entre deux rasades de rhum, que des avis à la population devaient être placardés un peu partout dans l'île, sinon dans l'archipel, les clients du café du Nord trouvèrent au moins par où commencer :

— Une affiche, ça s'arrache !

Et ils partirent tous à la chasse aux affiches.

Solange n'avait pas réfléchi à ce qu'elle ferait ensuite, en entrant dans le café. Maintenant elle tenait un plan : partout où avaient roulé les baguettes du père tambour, elle prendrait la parole, et contre son annonce, elle prêcherait. Mais elle avait d'abord quelque chose de plus urgent à faire…

Au presbytère, il fut répondu sèchement à Solange que le père Malibonsse faisait sa sieste.

Elle patienta, rongeant son frein sur le banc dur de l'entrée qu'ornaient quelques scènes pastorales coloriées à l'aquarelle. Etaient-elles de la main du prêtre ? La vieille gouvernante attachée à l'ecclésiastique passait et repassait dans la pièce, la détaillant de la tête aux pieds avec un air qui pouvait exprimer aussi bien le dédain que la jalousie.

Enfin le père Malibonsse profila son gros estomac contrarié en haut de l'escalier. Sans laisser à sa domestique le temps de lui annoncer qu'il avait une visite, il bougonna que cela n'allait pas, qu'il n'avait pu fermer l'œil, que décidément le vin de messe faisait tourner jusqu'aux meilleurs plats… Il avait le teint rouge, les cheveux drus, d'un roux extravagant, presque orange, et l'œil gourmand de celui qui aime à jouir de l'existence. D'ailleurs, on lui prêtait des liaisons.

Il mit fin à ses jérémiades sitôt qu'il aperçut la jeune femme, et lui offrit son meilleur sourire, le plus enjôleur de son large répertoire.

— Que me vaut cette charmante visite ?

— On vous attend au fortin, mon père, il y va de l'honneur d'une femme. Et avec l'aide du ciel, de la vie d'un homme.

— Tout cela me paraît bien romantique.

— Ça l'est, mon père, ça l'est !

— J'aimerais tout de même en savoir un peu plus…

— Venez, et vous verrez.

— C'est ce que disait le Christ.

Solange l'aida à enfiler par-dessus sa chemise de nuit une chasuble qui pendait à une patère, lui enfonça son chapeau rond sur les oreilles et le poussa dehors, sans souci des « mais, mais… » qu'il proférait.

Neel secouait la tête comme un chien qui tire sur sa laisse. Le col fermé de sa chemise lui sciait la gorge.

Léontine ne se sentait pas mieux : la robe trop étroite que lui avait prêtée Solange lui coupait le souffle.

Mais quand le prêtre fit irruption dans la caserne, alors qu'ils avaient cru qu'il refuserait de venir, du moins de venir si vite, ils se dirent tous deux qu'une cérémonie, ça se mérite, et qu'en échange des vœux qu'ils allaient pouvoir prononcer, il était tout à fait normal d'étouffer un peu.

Un petit autel fut improvisé au milieu de la cour, face aux cellules, et ils s'en approchèrent, sans sourire, sans rien montrer de leur bonheur, très graves au contraire, et aussi pénétrés de la solennité du moment que s'ils s'étaient trouvés dans une cathédrale.

L'affaire fut vite réglée :

— Neel Ariel Auguste, veux-tu prendre Léontine Désirée Malvilain, ici présente, pour épouse ?

— Oui.

— Léontine Désirée Malvilain, veux-tu prendre Neel Ariel Auguste, ici présent, pour époux ?

— S'il vous plaît, monsieur le curé.

— Vous devez dire « oui ».

— Oui ! Oui !

On n'avait pas eu le temps de songer aux alliances. Les témoins, c'est-à-dire Saint-Roc et Solange, ôtèrent spontanément leurs anneaux d'or et les tendirent au père Malibonsse, qui eut grand-peine à leur faire passer la première phalange des doigts épais de Neel et de Léontine.

— Je vous déclare unis par les liens sacrés du mariage. Jusqu'à ce que la mort vous sépare. Amen.

Le curé prit congé comme on s'enfuit, laissant les mariés à leur émotion. Solange sanglotait : les mots consacrés lui avaient serré le cœur. La mort pouvait les séparer très vite.

— Monsieur le curé, sauf votre respect, personne ne vous a mis le couteau sous la gorge…

Le coccyx calé sur l'extrême bord de la chaise, le père Malibonsse épongea la sueur de son visage à l'aide d'un mouchoir que lui avait brodé sa gouvernante à l'occasion de son dernier anniversaire. Il se trouvait à table, lorsqu'un gendarme avait fait irruption chez lui — au moment même où l'on allait lui servir son rôti. Le gouverneur le réclamait d'urgence. Hier, c'était l'épouse du capitaine ; on ne le laisserait donc jamais tranquille… Il n'avait eu d'autre choix que d'emboîter le pas au gendarme. Tant pis pour le déjeuner. On l'attendait en salle de Conseil.

La première personne qu'il vit en arrivant fut le capitaine Saint-Roc, à l'écart dans un coin, les mains derrière le dos et les jambes légèrement écartées, comme souvent les cavaliers. Les autres, Vénot, Noyal Espinasse et Rive, le petit chef des douanes, faisaient bloc du côté de la fenêtre. Tous se tenaient debout. Même M. le gouverneur, qui n'avait posé qu'une fesse sur la grande table ovale, et dont un pied fouettait le vide, au ras du sol.

Le père Malibonsse songea qu'il n'aurait jamais dû accepter de s'asseoir ; les autres le dominaient, cela le mettait d'office en position d'infériorité. Il se fit néanmoins une raison : l'humilité sied à l'homme de foi.

L'attaque était d'abord venue de Vénot.

— Vous rendez-vous compte, monsieur le curé, que vous avez apporté votre caution personnelle, en plus de celle de l'Eglise, à ce mariage insensé ? Où aviez-vous la tête ?

Le gros homme ne se laissa pas démonter. Il répondit qu'il

n'avait fait que son devoir, car la Malvilain ne pouvait pas rester dans le péché.

— Jésus a accueilli Marie Madeleine à sa table et il a pardonné à la femme adultère, mais il y a mis une condition : qu'elles se repentent de leur faute. En d'autres termes : qu'elles régularisent leur situation. Et moi, qui suis l'humble disciple du Christ, je ne peux faire moins que transformer, quand la chose est en mon pouvoir, un état sacrilège en une union sacrée.

Le jeune Espinasse explosa :

— C'est ridicule ! Le condamné finira par ouvrir un commerce, si vous le laissez tous faire, ou une école, un hôpital, que sais-je encore ?

— Les voies de Dieu, monsieur, sont impénétrables.

Le commissaire de la marine se tourna alors vers Saint-Roc qui n'avait toujours pas desserré les lèvres.

— Capitaine ! Etiez-vous en droit d'établir...

Le regard glacial de ce dernier lui coupa la chique : comment refuser une deuxième provocation en duel ? Et il tenait à sa peau. Vénot vint à sa rescousse.

— Etiez-vous en droit d'établir ce mariage, capitaine ?

— Oui. En doutez-vous ?

— En tant qu'homme de bien, je ne saurais mettre votre parole en doute, répondit Vénot avec sa prudence habituelle, mais en tant qu'homme de loi, je dois avouer que je n'ai jamais entendu parler d'un tel droit alloué à un capitaine de garnison.

Saint-Roc croisa les bras et récita :

— Ma mission dans l'archipel comprend un chapitre concernant l'ordre pénitentiaire. Plusieurs alinéas énoncent les cas de mariage que le plus haut gradé du détachement militaire peut faire établir sans en référer. Le cas des demandeurs étant conforme, j'ai établi.

— En quoi leur cas était-il conforme, je vous prie ?

Saint-Roc poursuivit sur le même ton mécanique et un peu las :

— Depuis sa condamnation, Neel Auguste est militairement sous mes ordres. Léontine Malvilain est de nationalité française.

Elle réclame une reconnaissance en paternité. Neel Auguste reconnaît la paternité de l'enfant à venir. Je rends donc ce mariage effectif dans l'enceinte militaire, c'est tout.

Bien qu'il conservât l'air rigide et froid, Saint-Roc s'amusait beaucoup de l'agacement des autres et les observait se pénétrer avec rage de l'idée que son acte était légalement irréprochable. Cela n'échappa pas au gouverneur.

— Et voilà ! fit celui-ci en levant les bras en signe d'impuissance, mon Conseil ne veut pas écouter mes conseils ! Je vous avais bien dit de ne pas rejeter le recours en grâce. En coupant la tête de Neel, vous allez faire une veuve et un orphelin de plus. Et cela ne va pas plaire ! Le condamné nous doit une fière chandelle : tout ce que le capitaine fait pour lui, il le fait surtout pour nous emmerder !

Un petit sourire étira les lèvres de Saint-Roc.

— Roc ?

Elle reposait à présent sur le dos. Sa poitrine semblait plus petite, ramassée sur les côtés. La cambrure de son corps nu laissait un passage en voûte sous le creux de ses reins ; il y enfouit son bras.

— Je ne veux pas que tu prennes de risques pour moi, Roc.

Elle prenait toujours beaucoup de plaisir à prononcer son nom.

— Roc, répéta-t-elle dans un murmure, en faisant presque rouler le *r*.

— Pour qui d'autre prendre des risques ?

Têtue :

— Je ne veux pas, c'est tout.

— Ils ne peuvent rien contre moi. J'ai une force qu'ils n'ont pas.

— Tes gros muscles ?

— Non, ça… et ça… et ça aussi, fit-il en effleurant des petits morceaux d'elle.

Après l'amour, il lui trouvait le visage d'une madone italienne, et la référence était pour lui pleine de sens : tragédie et volupté.

Sommeil agité, rêves flirtant avec le cauchemar ; elle se rendormit pour ne pas se réveiller, pour flotter encore, parce que chaque fois qu'elle ouvrait les yeux, une peur immense lui faisait comme un creux au cœur.

Cela dura toute la matinée. La place à côté d'elle était vide depuis longtemps.

Lorsque Roc s'était penché pour l'embrasser, elle avait eu l'impression de chuter dans le vide et était retombée dans l'inconscience. Il fallut pourtant se résoudre à se réveiller, et la menace invisible s'estompa peu à peu, derrière les gestes du quotidien : faire chauffer l'eau pour le thé et la toilette, se vêtir, donner à ses cheveux leurs cent coups de brosse, secret de beauté hérité de sa mère.

Elle n'avait pas revu sa mère depuis son mariage.

Elle se la figurait tour à tour vieillie, amère, l'œil rouge de l'avoir pleurée, ou bien au contraire insouciante, rayonnante, donnant des bals, intriguant, mariant ses cadettes comme elle l'aurait souhaité pour son aînée… Peut-être avait-elle transformé sa chambre de jeune fille, et Solange revit les murs tendus de soie rose et verte tout imprégnés de souvenirs, en débarras, en salon de musique… En voulait-elle à sa mère ? Solange ne savait plus. Tout ce qu'elle savait, c'est qu'elle avait dû un jour choisir entre Roc et les siens, entre le jeune officier sans le sou, pas même doté d'un nom, et ceux qu'elle chérissait depuis toujours — et qui, dès lors, lui tournèrent le dos.

« J'ai amené le serpent dans mon nid ! » s'était exclamée Mme de Grivel lorsque Solange lui avait révélé son amour et sa ferme décision d'épouser Saint-Roc.

« Ah, si je n'avais pas donné ce maudit bal ! »

C'était une réception qu'elle avait offerte l'été précédent en l'honneur d'Alfred de Risbourg à qui elle destinait Solange, sa première-née, son enfant chérie, sa fierté.

« Presque une fête de fiançailles ! »

Alfred n'avait peut-être pas l'allure d'un Apollon, mais que pèse le physique en face d'un portefeuille bien garni et d'un titre de comte ? Noblesse d'empire, peut-être, mais admise dans la meilleure société.

« Mais voilà, monsieur avait des amis… »

Mme de Grivel lui avait permis d'inviter les camarades de son choix. C'est dans leur nombre que se cachait le serpent : ce jeune officier taciturne dont la réputation était entachée avant même d'être faite. On parlait d'insubordination, de dettes de jeu, de querelles.

« Et il a fallu que tu choisisses celui-là ! »

Saint-Roc n'était pas comme les autres jeunes gens. D'abord, il lui avait à peine fait la cour. Il intriguait Solange, puis il avait su l'amuser, avec son côté si sérieux. Cela la changeait de la mollesse du petit Risbourg qui la traitait déjà comme s'ils étaient mariés depuis vingt ans, c'est-à-dire comme un bien déjà acquis et dont on n'a plus à se soucier. Elle prétextait sans cesse une sieste, un mal de tête, un rhume, n'importe quoi pour le fuir. Et sitôt qu'elle s'était débarrassée du fâcheux, elle courait rejoindre Saint-Roc au fond du parc, dans le petit bois, du côté de l'étang.

Ce n'est qu'à l'automne que Roc la coucha sur les feuilles mortes. Elle en eut bientôt des nausées, perdit l'appétit et sa poitrine enfla ; il fallait se débarrasser de l'enfant. De la séance chez la faiseuse d'anges, Roc ne sut rien. Aujourd'hui encore, il tenait la fatalité pour responsable du ventre stérile de sa femme. Il devait ignorer toujours les aiguilles de l'avorteuse, la douleur et le sang, le fœtus déjà formé qu'elle avait voulu enterrer de ses propres mains…

On frappait à la porte. C'était le maréchal des logis. Et il faisait une drôle de tête.

— Qu'y a-t-il, Gustave ?

— Je dois vous prévenir, madame… *La Boudeuse* est entrée dans la rade.

— Et depuis quand suis-je concernée par les mouvements du port ? *La Boudeuse*, quel nom stupide !

Elle n'avait pas compris. Peut-être ne voulait-elle pas comprendre. Le maréchal des logis poussa un gros soupir :

— C'est qu'elle arrive avec la veuve.

Solange eut à nouveau, comme dans son sommeil, l'impression de tomber dans un vide sans fin.

Pour se donner une contenance, elle lança avec ironie :

— Vous avez d'autres bonnes nouvelles comme celle-là ?

— Pardon, madame, murmura Gustave. Excusez-moi.

Il chiffonnait le col de sa veste, en fixant le plancher.

— Mais non, Gustave, vous n'y êtes pour rien. C'est moi qui vous prie de m'excuser.

— D'un autre côté...

— Oui ?

— Eh bien, sans me vanter, madame, vous pouvez vous rassurer. La goélette est en panne : il n'y a pas un souffle de vent. Même qu'on l'a mise à l'ancre, parce que le courant pousse au large.

— C'est toujours quelques heures de gagnées, murmura Solange avec un pauvre sourire. Merci Gustave. Attendez... Savez-vous où est le capitaine ?

— Le capitaine Saint-Roc ?

— Oui, pas celui du bateau.

— Au port, madame. Voulez-vous que je l'envoie chercher ?

— Non, j'y vais, répondit-elle en attrapant son châle à la hâte.

Elle dévala les marches de l'escalier en trois enjambées et se précipita vers la cellule de Neel. Le cadenas était mis. Et le prisonnier à l'intérieur.

— Qu'est-ce que ça veut dire ? s'emporta-t-elle.

— Le capitaine a dit qu'il préférait que le détenu ne sorte pas ce matin.

— Et il a ordonné qu'on verrouille sa porte ?

— Non, mais...

— Qu'a-t-il dit exactement ?

— Qu'il désirait que Neel reste ici.
— C'est un ordre précis, ça ?
— C'est-à-dire…
— Alors, pas de zèle, ôtez-moi ce cadenas !
— Il a quand même exprimé le désir…
— Les désirs de mon mari, c'est à moi de les satisfaire ! Ouvrez et fichez-nous la paix !

Bougonnant que cela allait comme toujours lui retomber sur le dos, le maréchal des logis sortit son trousseau de clefs.

Noyal Espinasse aussi se rendait au port. De là, une barque le conduirait à bord de *La Boudeuse.*

C'était assurément la partie de sa fonction qu'il préférait, ainsi que le révélait le soin qu'il avait apporté à sa toilette.

Le regardant s'éloigner, son épouse songea : « Sans la laideur de son âme, il eût pu être… moins laid. » Ce n'était rien de dire que Mme Espinasse n'aimait guère son mari.

« Pourquoi diable, se demandait-elle, ne passe-t-il pas plus de temps en mer ? C'est bizarre, un employé du ministère de la Marine toujours à quai. Cela ne lui laisse guère d'occasion de me faire veuve. Quand d'aventure il se hasarde sur les flots, il faut que ce soit comme aujourd'hui par calme plat… »

De son côté, le jeune commissaire songeait à tout autre chose qu'à son acrimonieuse moitié : il préparait dans sa tête, tout en descendant la rue principale, la liste des potins qu'il pourrait raconter au capitaine de *La Boudeuse* pour ne pas être trop en reste sur les ragots de la capitale… L'affaire Neel venait bien sûr en tête, et déjà Espinasse imaginait les embellissements qu'il y apporterait, et les façons de se faire lui-même mousser.

C'était tout de même bien embêtant cette absence de vent. *La Boudeuse* ne devait même pas se voir du haut du phare aux Canons. Combien de temps allait-il mettre pour rejoindre son bord ? Bah, cela ferait toujours une promenade.

Les marins l'attendaient, la rame à la verticale.

Il prit place à l'arrière du canot aux couleurs nationales en veillant à se mettre bien au milieu du banc.

Emplissant ses poumons de l'air mou et tiède, il goûtait par avance la brise bienfaisante d'une conversation qui le divertirait enfin.

Le capitaine Varet portait beau — tout le chic de la marine française. De la prestance, de l'autorité, un rien de hauteur, beaucoup d'ambition : Espinasse et lui se rencontraient pour la première fois, mais ils étaient faits pour s'entendre.

Le déjeuner fut charmant. Tout y passa, les derniers scandales de la capitale, les bouleversements de la Chambre, la répression des émeutes… Le capitaine était au courant des derniers bruits du jour et il savait raconter. Mieux que cela, il professait des opinions très saines, du moins aux yeux d'Espinasse. Il votait « bien », il connaissait les ennemis intérieurs de la France, il haïssait la racaille. Là-dessus plutôt cultivé, mélomane même : plusieurs recueils de partitions s'étalaient sur le coffre de sa cabine.

— Et chez vous ? Que se passe-t-il à Saint-Pierre ?

— Eh bien, nous vous attendions avec une certaine impatience. Quand je dis vous, je veux parler de la guillotine que vous nous apportez. Oh ! c'est une bien triste histoire…

Et le commissaire de la marine relata l'affaire par le menu, accablant Neel autant que possible, l'accusant même de crimes antérieurs, viols probables, rixes certaines, avant d'expliquer enfin l'urgence de la chose : le condamné en avait pris si bien à son aise qu'il avait maintenant tout un parti derrière lui, mais si ! et un parti qui grossirait encore si on laissait faire.

— Ah ! nous avons bien hâte que nos charpentiers déballent la veuve pour l'assembler sur la grand-place. Ça calmera les esprits.

— L'assembler ? Mais je vous la livre prête à l'emploi. Comment, vous ne l'avez pas vue en accostant à mon bord ? Venez, je vais vous présenter notre passagère.

Ils montèrent sur le pont, se dirigèrent vers l'avant du navire. La guillotine se dressait à la proue, telle une haute porte ouverte sur l'infini de la mer, réduite au linteau et aux jambages, avec son demi-fronton inversé, qui était le triangle de la lame. Une housse de toile goudronnée protégeait le couperet du salpêtre, mais tout le bâti en bois, nu et lisse, offrait sans pudeur au regard son implacable géométrie.

Noyal Espinasse en eut le souffle coupé.

— Je ne la voyais pas si haute, murmura-t-il.

— C'est pour donner sa pleine puissance à la lame.

— Ni si étroite.

— Ce n'est pas bien large, la tête d'un homme. Mais votre bourreau vous expliquera mieux que moi tout le fonctionnement de la machine.

— Notre bourreau ? Si Dieu vous entendait…

— Ne me dites pas que vous n'en avez pas ?

— Hélas ! Je pensais qu'on vous avait prévenu. Paris nous demande d'en recruter un sur place. Cette veuve nous arrive… en célibataire.

Les deux hommes se mirent à rire. Puis Espinasse exposa en soupirant les difficultés qu'il y avait à se procurer un exécuteur à Saint-Pierre. L'indignation du capitaine de *La Boudeuse* parvint à son comble :

— Ce monstre pourrait n'être jamais puni, dites-vous !

Espinasse opina du chef.

— Je tiens peut-être un moyen, fit le capitaine après quelques instants de réflexion.

La cale du navire, bourrée à craquer de ballots, de grandes caisses, de tonneaux, était plongée dans la pénombre. Deux hublots voilés de sel n'éclairaient mesquinement que leurs abords immédiats. Tout le fond, barré par trois rangs de cordes tendues d'une cloison à l'autre, constituait une sorte d'enclos pour une vache, quelques brebis et de nombreuses volailles. Cela beuglait, bêlait, caquetait à qui mieux mieux. L'odeur était écœurante.

Le capitaine de *La Boudeuse* s'amusa de l'expression interloquée d'Espinasse. Et de son côté, le jeune commissaire de la marine se demandait pourquoi son hôte le conduisait dans cette arche de Noé. Puis il vit un tas sombre qui bougeait un peu et d'où s'échappaient des vagissements qui n'avaient rien d'animal.

Espinasse plissa les yeux pour mieux distinguer les différents éléments qui formaient l'amas : il y avait là un homme, une femme et un nourrisson, tous trois repoussants de saleté, pelotonnés à même le sol de planches grasses, le regard vide, émaciés, et qu'on eût dit oubliés de la terre entière.

— Que voulez-vous que je fasse de ça, capitaine ? s'enquit-il, un peu agacé.

Il s'apprêtait déjà à repartir.

Puis il se ravisa, et se gratta le menton :

— Mais oui, vous avez raison…

Solange avait sillonné pendant des heures les environs du port du Barachois, parlant à tous les gens qu'elle rencontrait.

Désormais il n'y avait plus un avis intact sur les murs et l'annonce qu'avait faite le père Tambour s'était retournée peu à peu contre ses auteurs : c'était comme une offre d'embauche qui devenait un ordre de grève.

Maintenant ils marchaient en silence, Neel et elle, répondant par un signe de la main ou un sourire à toutes les protestations d'amitié qu'on leur faisait.

— T'inquiète pas, Neel, on est avec toi !

— On ne laissera personne te toucher !

Neel remerciait d'un mouvement de tête.

— A quoi pensez-vous ? lui demanda Solange. Ça ne sert à rien de remuer des idées noires. Vous voyez bien qu'ils sont de votre côté.

Il était en train de se dire qu'il avait eu la vie bien douce, jusqu'ici, à s'occuper des fleurs, à déblayer la neige, à réparer quelques toits. A accompagner partout une aussi jolie femme. Tous pourtant lui témoignaient plus que de la compassion, une vraie affection, un réel soutien. Le méritait-il ? Il aurait voulu s'être vraiment racheté. Et il songeait qu'il avait forcément déçu les espérances que sa bienfaitrice avait mises en lui.

— A quoi pensez-vous ? questionna-t-elle encore une fois.

— A rien, répondit-il.

Elle se sentait vide et épuisée. La mer se teignait de nuances mauves.

Elle mit sa main gantée en visière et regarda vers le large où s'étalait une grande nappe de brume.

La dernière fois qu'elle avait fait ce geste, c'était le jour de l'arrivée de ses fleurs, qui apportaient avec elles la promesse de bien des joies. Tandis qu'aujourd'hui même les « vigileurs » n'étaient pas au rendez-vous. C'était le premier bateau du dégel mais l'événement était entaché par la présence à bord de la veuve. Cette fois-ci, les grosses dames ne bousculeraient pas les porteurs dans leur hâte à récupérer leurs colis. Tout ce qui venait par *La Boudeuse* allait être d'ailleurs dédaigné par la suite sous l'appellation de « sucre de la mort », de « farine de la mort », de « poulets de la mort »... Et Antoine, l'épicier, en garderait longtemps rancune à ces messieurs de la haute : Vénot, d'Emeray de Charmoy, Espinasse, et Rive, le petit douanier.

Au loin, plus loin encore que l'Ile aux Chiens, pris dans les brumes, à l'ancre donc, parce que le courant poussait en sens inverse, le navire demeurait invisible.

Solange eut la vision d'une bouche de l'enfer qui avait la forme de la guillotine : une grande gueule de chêne rougi, tout assoiffée de sang, avec la lame comme une dent monstrueuse, prête à déchirer de la chair d'homme. Cette bouche mécanique avait rouillé aux commissures... Quelqu'un parmi les Saint-Pierrais — peut-être le maréchal-ferrant ? — se chargerait-il de la huiler ? Un bourreau inconnu ferait-il son office et offrirait-il Neel en victime à la sombre divinité ?

L'arrivée de Saint-Roc la tira de ses angoisses. Au même moment, le canot à fanions du commissaire de la marine surgit soudain du brouillard.

Noyal Espinasse n'en était plus l'unique passager. Solange compta deux autres personnes à son bord, en plus des rameurs. Qui cela pouvait-il être ? Tout le monde savait par ici que la règle veut que les voyageurs, civils ou marins, débarquent tous en même temps, après les formalités. S'agissait-il d'une personnalité en visite avec sa suite ? Ou bien le bébé qu'elle distinguait à présent dans les bras de la femme était-il malade ? Maintenant qu'on les voyait mieux, elle reconnut qu'ils n'avaient pas fière allure. L'homme arborait des cheveux en bataille, une barbe hirsute, des vêtements en loques ; la femme était également maigre, loqueteuse, les traits boursouflés de fatigue ; l'enfant : un paquet de langes gris.

Ce qui surprenait surtout Solange, c'était la prévenance dont les entourait Espinasse. Il avait passé sa cape sur les épaules de la jeune mère et, pointant du doigt diverses directions, semblait indiquer au couple les lieux importants de l'île. C'est lui encore qui donna la main à la femme pour l'aider à descendre du canot. Ce n'était pourtant pas son genre d'avoir des égards pour les humbles.

Saint-Roc fronçait les sourcils.

— Cela ne me dit rien de bon, grommela-t-il en voyant Noyal Espinasse se diriger vers lui, tout sourire pour une fois, suivi de ses protégés.

— Je vous souhaite le bonsoir, capitaine Saint-Roc ! *La Boudeuse* réclame de l'aide pour être remorquée à quai. J'ai pensé à vos chaloupes militaires.

— Non, fit Saint-Roc en croisant les bras.

Une troupe de curieux les entourait, dont Mlle Barbotte, accourue du café du Nord voisin. On observait les deux hommes qui se mesuraient du regard. Espinasse joua les étonnés :

— Vous me refusez le concours de votre détachement alors que ce navire transporte les « bois de justice » ?

— En effet.

Furieux, Espinasse eut le tort de prendre la petite foule à partie :

— Et la fraternité entre gens de mer ? Les marins de *La Boudeuse* sont pressés de toucher terre après une si longue traversée !

— S'ils sont vraiment pressés, qu'ils soufflent sur leurs voiles ! répliqua une voix.

Il y eut un long murmure d'approbation parmi les badauds.

— Qu'ils fichent la veuve à l'eau d'abord, et on ira les chercher ! s'écria un autre.

Neel ne pipait mot, à son habitude. Mais en dedans, il vibrait de reconnaissance. Puis il rougit de son égoïsme : Mme La se rongeait un ongle, l'inquiétude se lisait sur ses traits. Tous ces risques qu'on prenait pour lui ! Refuser de remorquer la goélette pourrait avoir de fâcheuses conséquences pour son généreux défenseur.

— Ne te fais pas de mouron, murmurait Saint-Roc à son épouse. Je te l'ai dit, ils ne peuvent rien contre nous.

Neel pria très fort pour que cela soit vrai. Et il regarda Noyal Espinasse.

Celui-ci semblait avoir abandonné la partie.

— Très bien, dit-il.

Se tournant dans un mouvement théâtral vers le couple à l'enfant qui attendait derrière lui :

— Approchez, vous autres, n'ayez crainte !

La femme, le regard rivé à ses souliers, et le mari, l'œil hagard, firent un timide pas en avant.

— Ce bébé était dans le ventre de sa mère lorsqu'ils ont quitté Saint-Malo, lança le commissaire à la cantonade. Cela faisait bien longtemps que nous n'avions pas eu d'émigrants. Qu'ils soient les bienvenus à Saint-Pierre !

Un vague murmure de politesse parcourut l'assemblée.

— Vous devez être fatigués, vous deux, et avoir faim. Venez avec moi !

Entraînant le couple à sa suite, Espinasse fendit la foule et héla un cocher :

— Conduis-les chez moi, je te paierai plus tard !

Quand Noyal Espinasse revint sur ses pas, la foule des marins commençait à se disperser. Il tapa à plusieurs reprises dans ses mains pour attirer l'attention. Que voulait-il encore ?

Maintenant il glissait quelques mots à l'oreille de l'idiot de Saint-Pierre, un garçon sans âge, vêtu d'une robe de femme déchirée et qui semblait toujours en grande conversation avec lui-même. Et ce malheureux, que l'on n'appelait jamais autrement que Tête-en-berne, se perchait sur une bitte d'amarrage comme s'il voulait prononcer un discours…

On fit cercle autour des deux hommes. Le simple d'esprit agitait ses deux bras comme des ailes de moulin. Quand le commissaire de la marine lui fit signe qu'il pouvait commencer, il se mit à clamer :

— Criée d'embauche à marins ! Criée d'embauche à marins !

L'appel parvint jusqu'à la halle aux poissons, jusqu'à la corderie, jusqu'aux graves, sur les hauteurs, où séchait la morue. Criée d'embauche ! Cela valait qu'on se déplace, et même qu'on se presse. Ils furent bientôt plus de cent à vouloir connaître pour quelle besogne on avait besoin de leurs bras.

Le père Tambour était accouru aussi du café, furieux de voir ce « cas reconnu », selon son expression, qui bégayait comme un âne, sauf, étrangement, lorsqu'il faisait la criée, lui prendre un emploi qui lui revenait de droit. Concurrence déloyale, se plaignait Tambour. Et le misérable se faisait payer d'un verre d'eau-de-vie, et il n'avait pas même d'uniforme !

— Criée d'embauche ! Criée d'embauche !

— On peut savoir ? finit par demander une voix. C'est quoi, le boulot ?

— Pour tirer *La Boudeuse*, scanda Tête-en-berne d'une voix chantante. Pour tirer *La Boudeuse* ! Quatre francs la ramée de quatre heures, six francs la ramée de quatre heures après coucher du soleil ! Pour tirer *La Boudeuse* !

Il se fit alors un grand silence sur le quai.

Les marins s'entre-regardèrent ; puis ils regardèrent du côté de Neel qui essayait de se dissimuler derrière Saint-Roc, puis du côté de Mme La qui les avait harangués tout l'après-midi.

Le seul énoncé de l'offre les embarrassait.

— Criée d'embauche ! braillait toujours l'idiot. Quatre francs la ramée en journée ! Six francs après soleil !

Cela portait loin et vous emplissait toute la tête. On avait l'impression que les phrases se gravaient dans le cerveau. Même le père Tambour le reconnaissait : Tête-en-berne avait une façon unique de moduler ses annonces.

Il poursuivait sa litanie, imperturbable, mais aucune main ne se levait. Espinasse commençait à perdre patience. L'indifférence affichée de ces crève-la-faim, qui en temps ordinaire se battaient pour une place, le révoltait comme un acte contre nature.

Se haussant sur la pointe des pieds, il chuchota quelques mots à son porte-parole en guenilles.

— La ramée de jour passe à six francs, reprit aussitôt ce dernier. Et neuf francs après soleil !

— Ça fait pas lourd pour remorquer une veuve ! finit par dire une voix.

L'apostrophe suivante fut beaucoup plus directe :

— Vas-y toi-même, commissaire, si le cœur t'en dit !

Le ton était donné à présent :

— Avec tes petits copains, Vénot, le gouverneur, et le douanier, ça fait déjà un doris complet !

L'éclat de rire général qui s'ensuivit mit Espinasse en rage. Il les aurait volontiers tous passés par les armes, ces gueux impertinents. On vivait décidément une sale époque ! Il serra les poings et chuchota de nouveau à l'oreille du crieur.

— Le commissaire de la marine offre maintenant douze francs la ramée de jour, et dix-huit après soleil ! Douze francs, et dix-huit ! Criée d'embauche ! Criée d'embauche !

C'était si cher payé qu'un autre qu'Espinasse aurait jugé plus sage d'attendre tranquillement que le vent se lève et permette au navire de rallier seul le port — après tout, on avait déjà patienté six mois. Mais le commissaire trouvait infiniment plus plaisante et vengeresse l'idée que les marins de Saint-Pierre, lesquels semblaient tellement entichés de ce criminel de pacotille, pliassent devant l'offre, en présence de ce fichu Saint-Roc, et qu'ils suassent ensuite sang et eau pour tirer eux-mêmes la machine qui mettrait à mort leur camarade — « le petit boucher », ainsi qu'il surnommait Neel avec mépris.

Cette brute avait plutôt bien commencé le travail avec le père Coupard — il l'avait vérifié de ses propres yeux —, encore que l'acte était trop barbare à son goût, un carnage sans subtilité aucune, mais il s'était débiné ensuite et laissé prendre comme un débutant à toutes ces simagrées sentimentales dans lesquelles l'avait entraîné la citoyenne Saint-Roc.

— Douze francs de jour, dix-huit de nuit ! criait toujours le débile.

Espinasse surenchérit lui-même :

— Je passe à quinze et à vingt… plus une prime de cinq payable d'avance !

La somme était si exorbitante que les lazzis se turent d'un coup. Cela ferait davantage que l'on pouvait espérer gagner en plusieurs mois. Mais malgré cela, personne ne broncha.

Espinasse poussa un juron. Il allait renoncer quand une main se leva enfin.

— Ah, tout de même ! Approchez, approchez que je vous inscrive…

La main demeurait levée. A sa grande stupeur, le commissaire entendit alors la voix de Solange qui s'écriait :

— Neel, que faites-vous ? Vous devenez fou…

Et Neel, le bras en l'air, lui expliquait avec calme et détermination :

— C'est pour ma Léontine, et pour le petit qui va naître.

Le condamné repoussa doucement Solange, et il s'avança avec une expression qui était presque de contentement. Il devait mourir, mais au moins il aurait quelque chose à laisser derrière lui.

Les marins s'écartèrent religieusement. Personne ne dit mot sur son passage. Un vieux ôta son bonnet, et à sa suite tous se découvrirent.

Tête-en-berne demanda :

— Combien de ramées, Neel ?

— Toutes.

Alors l'idiot de Saint-Pierre éclata de rire.

— Toutes ?

— Toutes. Jusqu'à rentrer le bateau au port.

Espinasse en fut estomaqué. Il ne savait plus que penser.

— Tu y arriveras sans dormir ?

— Oui.

— Alors, entendu. Demain, sept heures.

Solange se tordait les mains de désespoir. Elle assistait, totalement impuissante, à une sorte de suicide ; un être qui lui était cher se donnait la mort sous ses yeux, et… elle ne pouvait que l'admirer. Même Saint-Roc en avait l'œil humide.

— Viens, lui disait-il. Il faut laisser Neel maintenant.

Il finit par l'entraîner de force :

— Rentrons, je t'en prie ! C'est sa décision !

Et Neel appelait pendant ce temps ses compagnons :

— Hé, vous autres ! Je suis peut-être costaud mais je n'y arriverai jamais tout seul !

Et, l'un après l'autre, des marins allaient se faire inscrire, puisque leur camarade le voulait.

Dix minutes plus tard, le commissaire de la marine avait ses hommes.

Cette nuit-là, Neel se coucha tôt. Pour être en forme le lendemain.

Il savait que remorquer une goélette sur un demi-mile, avec un courant inverse, n'était pas chose facile, d'autant plus que, pour sa part, il s'apprêtait à le faire d'une traite, sans prendre ne serait-ce qu'un instant de repos. Les autres se relaieraient, les rameurs épuisés se faisant remplacer par des hommes frais.

De mémoire de marin, c'était la première fois que quelqu'un s'attaquait à un effort de cette ampleur ; mais le record indifférait Neel, seule comptait pour lui la somme d'argent qu'il serait en mesure de remettre à Léontine. Un pécule qui allait permettre à la malheureuse de subsister, jusqu'à ce que, espérait-il, un autre la prenne sous sa protection.

Une autre chose lui importait, qu'il ne démêlait pas bien, c'était d'aller lui-même à la rencontre de son destin, de l'amener à lui par sa seule volonté, de n'être plus un simple jouet entre les mains du hasard. Et puis, ne lui fallait-il pas payer enfin pour son crime ? Le plus tôt serait le mieux, cela n'avait que trop traîné. Chez les marins, on n'a pas l'habitude de remettre les choses au lendemain ; on se bat contre les éléments, quels qu'ils soient, dès qu'ils se présentent ; et quand on ne peut plus lutter, on fait le signe de la croix et on accepte son sort.

Contrairement à ce qu'imaginait Solange qui tournait en rond dans sa chambre, le prisonnier s'endormit — toujours le fatalisme du terre-neuvas — la tête à peine posée sur le coussin de paille auquel une des jupes de sa bienfaitrice, récupérée dans un lot de vieux vêtements qu'elle avait donnés à Léontine, servait de housse. Cette jupe, pour Neel, n'était pas seulement douce au toucher et rassurante ; elle possédait une autre vertu : le nez enfoui dans l'épaisseur du lainage, encore plein de l'odeur de

Solange, il passait non pas des nuits de prisonnier, mais des nuits d'homme. Et il était chaque fois étonné, le matin, de se réveiller seul sur sa paillasse.

Au dire de Saint-Roc, Solange était pareille à une éponge. Sa mère aussi l'avait déjà remarqué ; elle était comme cela depuis toujours : son cœur s'imbibait, se gonflait des sentiments des autres.

A sa propre peine s'ajoutait celle qu'elle prêtait à Neel, et l'horreur de sa situation à lui l'emplissait, la gorgeait, d'une égale horreur.

La jeune femme imaginait et ressentait à l'unisson avec le condamné, sans concertation, la honte d'avoir tué, l'incompréhension aussi, la culpabilité, à quoi s'ajoutait à présent, de par l'imminence du châtiment, la peur de la mort, de ce temps infini où l'on n'est plus, et l'étrange soulagement qui l'accompagne.

La terreur d'abandonner Léontine à son sort, la frustration de ne jamais connaître l'enfant à naître, elle l'éprouvait aussi.

A plusieurs reprises, elle avait voulu descendre rejoindre Neel dans sa cellule pour le réconforter, pour lui dire combien elle comprenait la sarabande des sentiments qui le tourmentaient.

Si Saint-Roc ne l'avait pas retenue, et qu'elle avait poussé la porte de sa cellule, aurait-elle été soulagée de trouver Neel profondément endormi ou, au contraire, lui en aurait-elle voulu de son apparente insouciance ?

Comme chaque fois, depuis son enfance, qu'il lui fallait trouver l'apaisement, elle fit « l'horloge » ; une manie dont elle n'avait jamais pu se débarrasser et qui la prenait parfois même pendant son sommeil, lorsqu'elle faisait un mauvais rêve : allongée sur le dos, le flanc collé à celui de Saint-Roc qui en avait maintenant l'habitude, les cheveux, le visage, mouillés de sueur par la force désespérée qu'elle mettait dans l'acte, elle faisait tic-tac avec la tête, la tournant de gauche à droite, pour décharger le trop-plein d'angoisse qui l'étouffait.

Cela dura un bon moment, puis elle s'endormit.

Saint-Roc, lui, resta éveillé.

Les yeux rivés au plafond, dans l'obscurité complète, sa main ankylosée continuant à caresser la chevelure moite de sa femme, il jouissait d'une certaine façon, malgré lui, malgré le chagrin, de la torpeur dans laquelle il baignait, ne songeant à rien de précis, se laissant ballotter au gré de vagues de souvenirs, d'images, de vides soudains, de pensées fulgurantes de clarté aussi.

Un peu avant l'aube, il eut une pensée saugrenue : la révélation d'une stratégie guerrière tout à fait novatrice — cela avait à voir avec la manière d'organiser un siège — qu'il voulut noter dans le carnet de vélin lilas, cadeau de Solange. Mais son corps engourdi ne lui obéissait déjà plus. Cela pouvait attendre le lendemain, se dit-il en s'abandonnant au sommeil.

A son réveil, bien entendu, Saint-Roc avait tout oublié, jusqu'au souvenir de son éclair de stratège. Mais il se souvenait avec une clarté atroce de la tragédie qui allait se jouer ce jour-là, et il en avait par avance un goût amer dans la bouche.

Le soleil s'était à peine levé qu'il entendit Neel quitter le fortin sous les encouragements discrets et admiratifs des gardes et du maréchal des logis. Quant au vieil adjudant, déjà ivre à cette heure, il lui tomba carrément dans les bras.

Saint-Roc apaisa d'une caresse son épouse que le tapage de l'ivrogne avait éveillée en sursaut ; il valait mieux lui épargner trop d'émotions : qu'elle n'assiste pas au départ de Neel, qu'elle se rendorme, qu'elle prenne des forces pour faire face à tout ce qui se préparait…

On progressait centimètre par centimètre, la puissance des hommes se mesurant à celle du courant qui tirait en sens inverse, et l'énorme construction de bois semblait faire du surplace.

Pourtant, depuis sept heures qu'on ramait, quatre cents mètres au moins avaient été parcourus. Ceux qui avaient voulu, par solidarité mais aussi par esprit de compétition, continuer auprès de Neel abandonnaient les uns après les autres. L'endolorissement des muscles, la faim, la soif surtout, venaient à bout de leur volonté. Il n'était pas question de s'arrêter, le courant aurait repris l'avantage. Il fallait se contenter de la rasade d'eau que vous versait le mousse par intervalles, directement dans la bouche. Pour la même raison, on ne remplaçait qu'un rameur à la fois.

Trois doris — impossible d'en mettre davantage de front ; six hommes par doris ; dix-huit marins de beau gabarit ramant de toute leur puissance, avec une régularité parfaite afin que ne se distende à aucun instant la hart reliant les canots au navire. Debout à l'avant de la goélette, les doigts sur les cordes pour en vérifier la tension, le second de *La Boudeuse* surveillait l'équipage :

— Deuxième à bâbord ! Attention ! Souquez plus ferme !

— Des amendes ? demanda Espinasse qui avait tenu à assister au remorquage et, secrètement, à la reddition de Neel, lequel, il n'en doutait pas, déclarerait bientôt forfait.

— Non, commissaire, ils sont honnêtes, tous.

— Hum… Gardez l'œil bien ouvert et la main sur les câbles : ces gars-là me coûtent assez cher pour ne pas leur faire de cadeaux.

Avant d'y aller, Neel avait eu le temps de dire quelques mots à Léontine, essuyant de ses paumes calleuses les larmes qui coulaient sur les joues qu'il aimait couvrir de baisers.

Avec l'argent — tout était arrangé auprès de Mlle Barbotte — elle achèterait une grande marmite, du combustible, des condiments. Et une robe neuve, des souliers, et pas des godillots, il y tenait. Pour la viande et les fèves, Antoine, l'épicier, était d'accord : il lui ferait crédit. Elle cuisinerait sous l'auvent du café du Nord en été, et l'hiver dans la cheminée de l'établissement. Le bénéfice serait pour elle, et Mlle Barbotte assurait que c'était de bon cœur. Elle pourrait même se faire un petit supplément en aidant au ménage et au service du soir. A cent sous le plat chaud, Léontine pouvait compter sur un revenu suffisant pour vivre dans la dignité. Neel fit enfin promettre qu'une partie de l'argent qu'il allait gagner en remorquant la goélette irait à Antonine, pour l'école. Craies, ardoise, et deux tabliers, sans oublier le petit banc et la tourbe qu'elle devrait apporter en classe. Il tenait beaucoup à ce que la gamine fût instruite. Il ne voulut pas céder enfin au pathétique : il flanqua une bonne tape sur les fesses larges de Léontine, la souleva sous les bras et l'entraîna jusqu'au grand lit, derrière le rideau rapiécé…

Cela s'était passé la veille, juste après l'embauche, et à présent, assise sur le lichen d'un promontoire, Léontine regardait les trois doris qui peinaient tout près des « Chiens ».

Dans celui de gauche se trouvait son homme.

Neel semblait prendre plaisir à ramer, ses mains s'ajustant au manche poli de l'aviron comme des pièces bien adaptées, et c'était merveille que d'observer la façon dont son corps n'utilisait qu'une partie de l'énergie dont il disposait, s'économisant sans ralentir l'effort. En vérité, Neel était plongé dans une sorte de transe, le visage gris de sel, le regard fixe, presque fou, il ne songeait à rien, envahi qu'il était par le son régulier de son souffle, lequel rythmait le contact de la rame avec l'eau. La nuit allait tomber, et le port de Saint-Pierre se trouvait encore à plusieurs encablures. Cette distance qu'il franchissait à pied l'hiver, en barque à la belle saison, paraissait aujourd'hui insurmontable, surtout que le courant s'était accru, menaçant d'entraîner *La Boudeuse* et ses remorqueurs vers le large.

— Dieu ne veut peut-être pas que la veuve arrive chez nous ! s'exclama l'un des hommes, qui voyait là un signe du Ciel.

— Y a pas que le bon Dieu qui décide… marmonna Neel entre ses dents.

Pigeons farcis accompagnés de pommes de terre au four, de carottes et de céleri ; la maison du gouverneur disposait de son propre potager.

Les convives avaient apprécié le vin de Bordeaux et dégustaient à présent les fromages que leur hôte affinait lui-même — sa distraction préférée avec la chasse. Exceptionnellement, les jumeaux, ainsi que leur gouvernante, Mlle Blair, étaient admis dans la salle à manger. Ils en étaient à se lancer des coups de pied sous la table. Agacé par leur présence, le président Vénot tâchait de se concentrer sur son morceau de pont-l'évêque. L'épouse Vénot, elle, était aux anges. C'était l'occasion d'une sortie dans le monde, et pas n'importe lequel. Elle portait son foulard neuf. Mme d'Emeray de Charmoy avait des boucles d'oreilles en diamant ; rien n'est parfait. La maîtresse de maison avait un peu trop bu, comme toujours. Bientôt, elle trouverait un prétexte pour monter se coucher. En attendant, elle remit la conversation sur le condamné :

— La guillotine arrive, ne manque plus que le bourreau, commença-t-elle d'une voix traînante, et on décapitera finalement ce pauvre garçon… Moi, je dis qu'il nous manquera. D'ailleurs, mon époux était pour le gracier, n'est-ce pas, Aristide ?

— Non, ma chère, on ne peut pas dire ça… rectifia l'intéressé, la bouche pleine.

Les joues en feu — elle était en train d'engloutir son quatrième verre de rouge —, elle se récria dans un hoquet :

— C'est pourtant ce que vous m'avez toujours assuré !

— Nuance, j'étais seulement incliné à ne pas faire des promesses que nous n'avions pas les moyens de tenir, voilà tout.

La femme du président du Conseil se pencha, complice, vers celle du gouverneur :

— Comme vous, je pense qu'il nous manquera. Nous allons retomber dans une routine assommante… L'île va être d'un ennui !

Vénot retourna contre sa femme l'énervement dans lequel l'avaient mis les jumeaux joufflus, avec leurs singeries :

— Si vous vous ennuyez tant que ça, Eugénie, vous n'avez qu'à vous occuper avec intelligence, je ne sais pas, moi, faites du crochet !

Elle se rembrunit, gênée, tandis que Mme d'Emeray de Charmoy levait les yeux au ciel :

— Du crochet ? On voit bien que vous n'en avez jamais fait, mon pauvre ami !

Le gouverneur à Vénot :

— Je suis malheureusement persuadé que le sentiment de nos femmes reflète bien celui de l'opinion publique, et que…

Il fut interrompu par un fou rire des enfants. L'un d'eux prenait une voix d'homme :

— Bourreau, fais ton office !

Et de rire encore.

— Charles-Henri, voyons ! réprimanda leur père. C'est très mal de décapiter une grande personne !

— Ah ! vous voyez, mon époux, vous le dites vous-même !

Confus de l'énormité qu'il venait de proférer, d'Emeray de Charmoy replongea le nez dans son assiette tandis que les autres gloussaient en chœur.

C'était naïf de sa part, un peu ridicule aussi, elle en était consciente, mais elle avait tenu à partager le plus possible le sort de Neel. Solange s'était donc astreinte à ne pas manger, à peu boire, à ne prendre aucun repos, décidée qu'elle était de ne rompre son vœu que lorsque le condamné toucherait la rive, prendrait son repas, se jetterait sur un lit.

Au milieu de la nuit, alors que Saint-Roc avait fini par s'endormir, elle avait passé un châle sur ses épaules et couru de toutes ses forces, par peur des korrigans et de Lancou, cette figure de la mort qui hante les landes bretonnes, et dont avait hérité Saint-Pierre.

La voici au port. Sur les eaux noires et calmes, presque silencieuses, la grosse goélette et les trois doris étaient à peine visibles ; on n'apercevait que la lueur minuscule de la lampe tempête accrochée à la proue du navire. L'équipage au complet, le second compris, devait dormir paisiblement. Car qui mieux que les dix-huit marins des doris, pour la plupart natifs de Saint-Pierre, pouvait les mener à bon port ? Les fonds étaient dangereux, c'était connu, et la goélette quillait si bas qu'on pouvait craindre qu'elle déchirât sa coque contre une arête rocheuse. Mais avec Neel pour chef, on était tranquille.

A cette distance du port, les choses pourtant se compliquaient ; impossible d'avancer en ligne droite, il fallait louvoyer entre les hauts-fonds.

Neel anticipait par avance le nombre de coups de rame à donner, de gauche, des deux bords, ou de droite, et criait par instants un ordre bref.

— Douze à bâbord !

— Vingt, droit devant toute !

— Cinq à tribord !

Sa voix rocailleuse emplissait la nuit par à-coups. Elle paraissait si proche à Solange, qui marchait de long en large sur la bruyère humide de rosée, qu'elle se rassura : si les lutins de la lande l'attaquaient, elle n'aurait qu'à crier et Neel bondirait auprès d'elle pour la défendre…

Elle resta ainsi, frémissante et transie, jusqu'au matin.

Un peu avant l'aube, elle assista à une aurore boréale, la première qu'il lui fût donné de voir. Une grande écharpe de lumière sembla flotter soudain dans le ciel, comme le suaire d'un fantôme, avec des bandes de couleur qui ondulaient d'un bout à l'autre de l'horizon. C'était un spectacle magique : pour un peu on eût cru entendre tomber de la voûte obscure, comme des cintres d'un théâtre, les accords célestes d'un chœur d'anges. L'immense clarté fit surgir de la mer la silhouette du navire et cerna d'un halo argenté l'ombre des trois doris. Solange crut alors discerner le profil de Neel : il lui sembla d'une beauté surnaturelle.

Le soleil se levait, dissipant la féerie, quand une main doucement posée sur son épaule la fit sursauter. C'était Roc. Avec cette expression tendre qu'il ne réservait qu'à elle seule :

— Tu m'en veux ? lui demanda-t-il.

— De quoi ?

— De n'avoir pas veillé avec toi ?

— Oh ! mon amour, dit-elle pour toute réponse, en se jetant dans ses bras.

Ils se blottirent l'un contre l'autre sur sa cape étendue sur l'herbe maigre. Le ciel était maintenant tout rose, et les ombres viraient au mauve.

— Que va-t-il se passer ?

— Je ne sais pas.

Les doris et leur cargaison de traîne n'étaient plus qu'à cinquante mètres du quai principal. Elle se serra plus étroitement contre lui :

— Pourquoi a-t-il fait cela ?

— Pour aller plus vite en enfer, ou au paradis peut-être...

— Il rame depuis si longtemps... Il est tellement fort qu'il pourrait ramer jusque chez les Anglais de Terre-Neuve !

Saint-Roc lui rendit son regard, et murmura :

— Il pourrait même aller plus loin, s'il le voulait. Si loin qu'on ne le retrouverait jamais.

Elle lui embrassa le dos de la main, puis tourna son regard vers le port. Des Saint-Pierraises venaient y attendre leurs hommes ; à part ça, le quai était vide comme pour un jour de deuil national.

Le vacarme des roues d'une charrette cahotant sur les pavés disjoints secoua la torpeur de la ville. Saint-Roc et Solange se levèrent pour mieux voir : un tombereau vide, attelé d'un cheval, encadré de deux gendarmes, descendait la grand-rue.

Un homme maigre menait la bête par la bride. Solange se souvint l'avoir vu, avec une femme et un bébé, en compagnie de Noyal Espinasse, sur le canot qui était revenu de *La Boudeuse*.

— Quatre-vingt-huit, quatre-vingt-neuf, quatre-vingt-dix, quatre-vingt-onze…

Une seule main n'y suffisait pas. Neel avait rapproché ses deux paumes en conque, et cela continuait :

— Cent un, cent deux… compta le valet en livrée jaune et or du commissaire de la marine, auquel se joignait le chœur des marins, de leurs femmes et des badauds, et la voix éraillée de Mlle Barbotte qui dominait le tout.

— Cent trois, cent quatre…

Les pièces tombaient une à une dans les mains de Neel avec un petit tintement, et le métal sale brûlait les plaies, frappait contre les cloques fraîches, mais il ne les sentait plus.

Saint-Roc, impénétrable comme à l'accoutumée, regardait la scène en flattant l'encolure de son cheval. Quant à Solange, elle n'avait pas attendu que les rameurs débarquent. « Une omelette au lard, ça va le retaper » : elle avait couru se mettre aux fourneaux.

— Cent cinq, cent six…

L'irruption de Gustave, le maréchal des logis, fit froncer les sourcils au capitaine. L'homme lui tendit un gros paquet fermé par de la ficelle :

— Capitaine, le second de *La Boudeuse* m'a remis vos journaux de Paris.

Saint-Roc glissa le colis dans la sacoche de sa selle et fit signe au maréchal qu'il pouvait disposer. Il voulait assister jusqu'au bout au décompte des pièces.

— Cent sept…

La foule retint son souffle.

— Cent huit francs !

Ce chiffre fut accueilli par un concert de cris, de sifflets et d'applaudissements. Il y en eut même un qui hurla : « Vive la France ! »

Cent huit francs ! Neel n'en revenait pas. Cent huit francs ! Les ouvriers de la corderie touchaient un franc par heure. Un sourire béat éclaira ses traits défoncés de fatigue.

Mais il n'était pas au bout de son émotion.

Un hoquet le secoua et des larmes de reconnaissance coulèrent le long de ses joues brûlées de sel lorsque, spontanément, les uns derrière les autres, graves et solennels, ses compagnons vinrent lui glisser dans les poches — ses mains débordaient — tout l'argent qu'ils avaient gagné eux aussi en remorquant la goélette. Au passage, un marin lui essuya les yeux de son mouchoir malpropre.

Les poches de Neel étaient si gonflées à présent qu'on lui ôta son bonnet de la tête. Le couvre-chef fut bientôt plein à ras bords.

— Te voilà riche, mon grand ! s'exclama Mlle Barbotte qui apportait une bouteille d'eau-de-vie pour fêter l'exploit.

Neel but longuement au goulot, puis secoua ses boucles comme s'il s'ébrouait sous la violence de l'alcool. Apercevant Saint-Roc qui lui souriait avec une sorte de tendresse, il se raidit, arqua son buste vers l'arrière, claqua du talon avec le plus grand sérieux, et salua fièrement en portant sa main à sa tempe.

Un instant décontenancé par l'incongruité de ce salut militaire, Saint-Roc répondit par le même geste, avec dans l'œil quelque chose qui ressemblait à de l'admiration.

Ils avaient mis dix bonnes minutes à prendre congé — on ne voulait plus laisser partir le héros du jour — et dix autres encore à remonter la première moitié de la grand-rue.

Neel, étourdi de fatigue et d'alcool, voyait comme à travers un bain de vapeur tous ces gamins en loques qui virevoltaient autour de lui ; essaim de jeunes guêpes faisant mine de ramer, braillant que Neel était le plus fort, que le bourreau n'avait qu'à bien se tenir, que la veuve, il la casserait avec ses dents, que même si les Anglais revenaient, Neel en ferait des confettis pour la fête de Noël, des crêpes pour la Chandeleur, des bûches pour l'hiver !

Un garçonnet à la tête trop grosse, la morve au nez, s'enhardit à lui tâter le biceps :

— Ouille, aïe, aïe ! s'écria-t-il avant de s'enfuir en courant, faussement terrorisé.

En vérité, aucun bambin n'avait jamais eu peur de Neel. Ni avant le crime, ni après. Il avait cette qualité rare d'être aimé des enfants au premier regard ; il les attirait irrésistiblement. Même au pire de l'hiver, lorsqu'il dégageait la neige à la pelle, il y en avait toujours une poignée, lèvres bleues de froid, blottis les uns contre les autres en silence, à le regarder travailler. Et c'était à qui porterait son outil jusqu'à la prochaine maison, à qui épousseterait la poudre blanche qui couvrait ses vêtements… Neel, pourtant, ne leur adressait jamais la parole, mais c'était avec beaucoup de douceur qu'il frottait de neige un genou écorché, et un simple froncement de ses sourcils suffisait à apaiser une bagarre.

Dans les rues trop étroites de Saint-Pierre, il tanguait maintenant, zigzaguait d'épuisement. Saint-Roc lui aurait bien offert de monter sur son cheval, mais les gens n'auraient sans doute pas compris qu'un représentant de l'ordre accordât une telle faveur à un condamné. Il ordonna simplement à l'un de ses hommes de le soutenir. Et c'est ainsi que, s'appuyant à l'épaule du soldat et se laissant guider comme un aveugle, Neel marcha jusqu'au fortin.

Il ne chancela que devant la grande porte. Alors, comme s'il était parvenu au bout de ses forces, il lâcha soudain prise et tomba sur ses fesses comme une masse. On voulut l'aider à se relever : trop tard, il dormait déjà, bras ballants, menton contre la poitrine.

Trois soldats ne furent pas de trop pour le porter jusqu'à sa paillasse.

Solange et Saint-Roc se résignèrent à manger sans Neel l'omelette au lard.

— Je lui en ferai une encore plus grosse quand il se réveillera, dit-elle d'une voix triste. Tu te rends compte ? Cela fait vingt-cinq heures qu'il n'a rien avalé…

— A ramer pour sa guillotine ! ajouta Saint-Roc.

— J'en ai mal au cœur, s'exclama-t-elle en repoussant l'assiette à peine entamée.

— Mais il a gagné cent huit francs pour sa femme. J'aimerais pouvoir te donner un jour une pareille preuve d'amour.

Elle lui lança un regard qui le rassura tout à fait. Puis :

— Tu vois ? Tu vois un peu quel homme il est devenu ? On condamne quelqu'un, et c'est un autre qu'on punit.

— C'est souvent comme cela, dit-il en ouvrant le premier journal de la pile posée sur un coin de la table.

Au fur et à mesure qu'il lisait, une inquiétude grandissante sembla gagner Saint-Roc.

— Pourquoi fais-tu cette tête ?

— Ça va de plus en plus mal à Paris… Emeutes… répression… Des exécutions, même…

— Quelle horreur !

— Et les choses ne semblent pas près de s'arranger.

— Que s'est-il passé ?

— Le colonel Garnier : il a été assassiné en Cochinchine. Du coup, la Chambre vacille. Et toute la politique coloniale avec elle…

Si l'explication était aussi floue que succincte, c'était que Saint-Roc préférait tenir sa femme à l'écart d'un univers qu'il estimait réservé aux seuls hommes. Solange en prenait son parti : rien ne l'empêcherait plus tard de lire le journal. Pour l'instant, l'arrivée de la guillotine et le sort de Neel lui étaient autrement importants.

— Tu crois qu'ils vont trouver un bourreau ? demanda-t-elle encore.

Il la regarda avec autant de douceur que de fermeté :

— Cela ne fait aucun doute. Arrête de croire aux miracles…

On frappait à la porte.

— Qu'y a-t-il ?

— Capitaine ! On vous demande au port ! Avec le détachement ! C'est urgent ! fit le soldat de derrière la cloison.

— Selle mon cheval, j'arrive !

— Chiens d'émigrants ! Raclures de bas-fonds !

On l'avait prévenu : « Vous ne trouverez personne pour vous prêter main-forte. » Alors Yann Le Floc'h avait demandé à sa femme de l'aider. Elle était peut-être malade, elle avait des bras comme tout le monde.

— C'est pas comme ça que vous ferez votre trou à Saint-Pierre !

La guillotine avait été débarquée, puis installée dans la charrette par les marins de *La Boudeuse*, ainsi que l'estrade, le petit escalier et deux ou trois caisses qui allaient avec la machine. Et Le Floc'h s'était mis en route, en direction d'un hangar qu'on lui avait indiqué, sous la protection de deux gendarmes.

— On vous le fera payer !

Jusque-là, tout s'était passé sans incident. Il y avait un palan dans le hangar, de cette sorte dont on se sert pour mettre les barques en cale sèche. Yann Le Floc'h avait descendu la veuve, il avait descendu l'estrade ; il ne restait plus grand-chose dans la charrette quand ils avaient envahi l'entrepôt.

— Saleté d'étrangers !

Combien étaient-ils ? Vingt, trente, tous complètement ivres... Pendant que les gendarmes essayaient de les refouler, Le Floc'h avait reçu un coup au visage et un croche-pied l'avait fait s'étaler de tout son long. Il avait battu en retraite : il fallait prévenir le commissaire de la marine ! Quant à son épouse, elle se débrouillerait toute seule. « Jeannette est une femme, se disait-il, elle risque moins que moi. »

La malheureuse baissait la tête sous les invectives. Chancelant sous le poids d'un gros sac de marin en toile, empêtrée dans ses jupes, elle se frayait tant bien que mal un chemin à travers la petite foule haineuse. Elle murmurait régulièrement : « Pardon, pardon », et ces pauvres mots tenaient davantage à la honte qui l'accablait qu'à une quelconque politesse.

— Ecartez-vous ! s'époumonaient les gendarmes.

Mais ils n'avaient pas envie de prendre un mauvais coup et n'allaient pas plus loin.

Jeanne posa le sac et changea de bras, de façon à soulager ses muscles. Les autres devenaient menaçants. Si personne ne l'avait encore frappée, les quelques femmes qui en faisaient partie, et seulement elles, s'y mettraient bientôt, c'était presque palpable. Il fallait qu'elle se dépêche de récupérer son bébé qui dormait dans la charrette, sur le banc du cocher, dans une vieille boîte dont elle avait fait un berceau.

Le sac lui sciait l'épaule. Son mari lui avait ordonné de le transporter jusqu'à l'établi du fond, et elle ne savait qu'obéir. La douleur la lançait jusqu'au poumon. Elle fit un faux pas et toussa, hoqueta. Elle cracha sur le sol une chose visqueuse, teintée de rouge.

Elle y était presque quand le bébé se mit à brailler. Et il y avait tous ces visages hostiles qui l'entouraient… C'en était trop pour elle. Pourquoi Yann avait-il accepté de s'occuper du transport de cette chose immonde ? Que devait-elle faire maintenant ? Elle se sentait à bout de forces.

Les braillements reprirent plus fort. Elle se retourna et vit qu'une femme ramassait l'enfant écarlate d'avoir pleuré et le berçait contre son sein. La foule cependant ne l'entendait pas de cette façon : un marin arracha le nourrisson des bras qui l'avaient recueilli et l'alla déposer, à quelques pas de sa mère, sous ses yeux, en plein sous la grande potence.

Jeannette hurla en voyant son fils étendu entre les jambages de la haute porte-sans-battant, à l'endroit même où l'on allongeait les condamnés.

Le nourrisson fixait de ses gros yeux étonnés ce drôle de baldaquin sous lequel on l'avait couché. Il se calma, il se mit à gazouiller. Ces bruits d'enfant rendirent l'atmosphère plus tendue encore.

— Ce n'est pas à elle qu'il faut s'en prendre, cria une voix. Démolissons plutôt cette machine de malheur !

Ils allaient s'y mettre, ils préparaient déjà des cordes pour la renverser, quand Saint-Roc entra dans le hangar, à cheval, au petit trot. Le régiment accourait à sa suite.

— Lâchez ça, et dispersez-vous ! N'obligez pas la troupe à intervenir !

L'ordre était proféré d'une telle voix que tous se figèrent.

— On ne laissera pas Neel se faire tuer ! protesta quelqu'un.

— On sait que vous êtes de son côté, capitaine ! Vous n'allez quand même pas défendre cette veuve ! Pas vous ! fit un autre.

— Vous préférez qu'on nous envoie un bateau de guerre ? répliqua Saint-Roc. Le moment est mal choisi pour une émeute ! Vous savez ce qu'il se passe en France ? Le gouvernement est capable de vous envoyer tous au bagne !

Derrière, l'adjudant Milot faisait mettre baïonnette au canon. Un rang de soldats s'était déjà agenouillé, en position de tir. La foule eut un sursaut de panique.

Saint-Roc hurla à ses hommes :

— Arme au pied !

Puis, s'adressant aux autres :

— Une veuve sans bourreau, ce n'est rien que des bouts de bois. Allez, rentrez chez vous !

Cette fois, plus encore que les autres, Solange s'étonna de ce que le cachot de Neel évoquât la cellule d'un moine. Ce sentiment étrange était-il dû seulement au dénuement et à la propreté méticuleuse qui y régnait ? Ou plutôt émanait-il du condamné lui-même, qui dormait, allongé sur le dos, pareil à un gisant ?

Solange s'enhardit à l'observer : le visage semblait de cire pure, les lèvres décolorées paraissaient n'avoir jamais baisé que le marbre des statues, et les cils qui jetaient leur ombre jusque sur les pommettes… Solange poussa un petit cri de surprise : Neel avait ouvert les paupières et la regardait, comme un dévot regarderait la Vierge.

Confuse, Solange balbutia qu'elle était juste venue lui apporter quelque chose à manger, qu'il était temps qu'il se réveille, que dehors le soleil brillait, que…

Neel ne détachait pas son regard d'elle ; il l'adorait des yeux, sans sourire ni parler. Juste les yeux. Solange lutta pour ne pas s'enfuir en courant et désigna le plateau chargé de victuailles posé sur la caisse retournée qui servait de table :

— Quand vous aurez terminé, nous irons porter l'argent à votre femme. J'ai compté pendant que vous dormiez : avec ce que vous ont donné vos camarades, cela fait cinq cent douze francs !

Neel eut un bon sourire qui l'éclaira tout entier.

— Tout Saint-Pierre ne parle que de votre courage. Comme je le disais à mon mari…

Solange planta ses prunelles dans celles de Neel afin qu'il prête attention au sous-entendu.

— … Comme je le disais à mon mari, reprit-elle, avec votre force, vous pourriez ramer jusqu'à Terre-Neuve.

Le condamné resta quelques instants la fourchette suspendue en l'air avant de se remettre à manger.

— Je reviens tout de suite. Il faut que je prépare quelques sacs pour Léontine, j'ai plein de choses à lui donner !

Tandis qu'il la regardait s'éloigner, il lui demanda en pensée :

— Mais qui es-tu, toi, exactement ?

Il allait falloir à Yann Le Floc'h toute la journée pour mettre la guillotine en état de marche. Prête à l'emploi, mon œil. Le déclic qui lâchait le couperet n'était pas installé, ni la pièce de bois qui enserre le cou du condamné. Ni la poulie qui permet de remonter la lame, et ne parlons pas de la planche à bascule…

Après cela, il serait quitte. Mais quitte de quoi ? Les gens de Saint-Pierre n'oublieraient jamais qu'il avait transporté la veuve jusqu'ici, et qu'il l'avait préparée à fonctionner. Le Floc'h en était si sûr qu'il n'osait mettre le nez dehors, pas plus que Jeannette.

Celle-ci dormait la plupart du temps, dans un recoin, sur un matelas posé à même le sol, les seins hors de la blouse pour que Petit-Joël puisse téter sans la déranger. Elle dormait avec une telle détermination que même les coups de marteau ne parvenaient pas à la réveiller, et l'enfant privé de soins sentait si mauvais que son père demanda un sac de son au gendarme qui leur apportait l'eau, le pain et les haricots, à midi et le soir. Il en remplit une des caisses qu'il avait déballée, et planta Petit-Joël dedans, tout nu jusqu'à la taille.

— En changeant le son de temps à autre, se dit Le Floc'h, ça gardera le marmot à peu près propre.

Comme le lui avait promis le commissaire de la marine à bord de *La Boudeuse*, le docteur Camail était venu ausculter Jeannette. Il l'avait fait tousser, puis avait rangé ses instruments et s'en était allé aussitôt, sans faire de commentaire.

Noyal Espinasse s'était présenté à la porte de l'entrepôt peu après. Il semblait de très mauvaise humeur.

Pourquoi ce monsieur, si aimable avec eux le jour de leur arrivée, paraissait-il à présent fâché contre lui ? Le Floc'h n'avait-il pas mené à bien la tâche qu'il lui avait confiée ? La guillotine ne se dressait-elle pas, huilée et bichonnée comme une horloge, au centre du hangar ?

Ce que Yann Le Floc'h ne pouvait deviner, c'est que ce changement d'humeur faisait partie d'une stratégie ; les quatre conseillers avaient un plan en tête.

Espinasse jeta avec dédain une bourse sur l'établi.

Et il tourna les talons.

Le Floc'h paniqua si fort à l'idée d'avoir peut-être perdu son employeur, son seul allié, que le hangar lui sembla soudain plus vaste, plus vide, plus humide et inhospitalier encore. S'il avait su que c'était là qu'on avait jugé Neel, sous ce grand tableau où un marin implorait la Vierge, qu'aurait-il éprouvé ? Rien, peut-être… Il flanqua un coup de pied à Jeannette qui poussa un cri de souris.

— Lève-toi, maintenant ! Ça suffit !

Saint-Roc ne demanda pas à Solange ce que contenaient les deux sacs qu'elle traînait vers l'escalier. Et Solange n'eut pas non plus à lui faire le mensonge qu'elle avait préparé pour le cas où il la surprendrait. Elle eut tout de même l'impression qu'il la scrutait.

— Quel est ce regard ?

— Celui d'un homme qui aime sa femme et qui peut tout lire dans ses yeux.

— Tu lis quoi ?

Sans un mot, Saint-Roc chargea les deux sacs sur son épaule et les descendit jusque devant la cellule de Neel.

— Sois prudente, Solange.

— Merci, Roc !

Elle lui sauta au cou, jeta sa bouche contre la sienne.

Il la faisait courir en cercle autour de la guillotine. Chaque fois qu'elle tombait, il la relevait d'une claque, d'un coup de pied.

— J'vais te faire galoper jusqu'à te crever, Jeannette !

Il avait l'œil fou. Pareil que son père à lui, quand il était gosse.

— Tu vas crever, j'te dis ! J'en peux plus de te traîner partout, saleté d'casserole ! Tu m'pourris la vie !

Il fallait bien que quelqu'un paie pour toute cette peur qui lui garrottait la gorge. Mieux valait Jeannette que le petit, non ? Après cela, il serait calme, même qu'il la consolerait.

Le vent s'était levé et emportait *La Boudeuse* toutes voiles dehors.

— J'espère qu'ils auront la tempête ! grinça Solange.

— Faut pas souhaiter ça aux marins, madame La ! reprocha Neel qui ramait sur une mer parcourue d'écume.

— Fichez-moi la paix avec votre bonté ! Vous semblez un peu trop oublier celui que vous avez été !

Solange baissa les yeux devant le regard de tristesse incrédule que lui renvoya Neel, et elle se mordit les lèvres.

Yann Le Floc'h berçait sa femme dans ses bras lorsque arriva le gendarme qui, sans un mot d'explication, leur demanda de le suivre. Que leur voulait-on ? Ils furent conduits en salle de

Conseil, chez le gouverneur, lequel n'y était pas encore ; le docteur Camail lui posait des ventouses parce qu'une légère fièvre l'avait pris au retour de la chasse aux bécasses.

Autour de la table ovale se trouvaient le petit douanier, Vénot, et Noyal Espinasse, qui, d'un mouvement de tête, ordonna au gendarme de retenir la femme sur le seuil. Yann Le Floc'h entra donc seul, et la porte se referma en claquant derrière lui. Il n'avait aucune idée de ce qui le conduisait dans cet endroit — un palais ! — et en tremblait d'avance. Est-ce qu'on n'était pas content de sa besogne ? Ou bien, si c'était parce qu'on avait eu vent des bêtises qu'il avait faites à Lézardrieux, pourquoi alors ne pas le traiter plus mal ? Et ces beaux messieurs qui semblaient être là tout exprès pour lui... Peut-être accueillait-on ici tous les nouveaux émigrants de cette façon ?

— Soyez le bienvenu et asseyez-vous, commença Vénot. Monsieur Le Floc'h, répondez-moi franchement, avez-vous déjà été condamné par la justice ?

Fallait-il répondre la vérité ? D'ailleurs, on ne l'avait jamais pris la main dans le sac. Le village entier savait, c'était tout.

— Je... j'crois pas.

Les conseillers échangèrent des coups d'œil contrariés.

— Veuillez répondre par oui ou par non.

— Pas vraiment.

— Enfin, voyons, ma question est claire : avez-vous fait de la prison ? Votre parole d'honneur nous suffira.

— De la prison ? Ah ! non. Parole d'honneur, alors.

— Et vous avez besoin d'un bon travail, paraît-il ?

L'homme triturait la couture de son pantalon. Le cœur lui cognait si fort dans la poitrine qu'il n'avait pas entendu Rive, le petit douanier.

— Je vous ai demandé si vous aviez besoin d'un bon travail, répéta ce dernier avec agressivité.

— Euh... oui, m'sieur, bien sûr.

— Un travail correctement payé, pas difficile à accomplir, mais qui réclame dignité et discrétion, reprit Vénot.

— Un travail utile à la République ! ajouta le petit douanier.

— Qu'est-ce que vous allez me demander ?

Noyal Espinasse regarda Le Floc'h d'un air désolé :

— Je ne crois pas que vous ayez le choix, malheureusement : les Saint-Pierrais ont fort mal pris que vous ayez convoyé et réparé la veuve, ce qui m'a été une réelle surprise et une profonde contrition, soit dit en passant. Et je ne vois pas bien, dès lors, comment un émigré fraîchement débarqué comme vous pourrait espérer trouver un emploi dans l'île. Excepté celui que nous vous proposons, bien entendu…

Le Floc'h était complètement déboussolé par les détours inquiétants que prenaient ses interlocuteurs. Se sentant traqué, il se tassa plus encore dans son fauteuil.

Espinasse n'attendait que cela pour enfoncer le clou :

— Ne vous attendez pas non plus à un miracle dans l'île voisine de Miquelon : votre réputation vous y précédera ! Quant à envisager un repli vers le Canada ou la France, le docteur Camail est formel : votre épouse ne survivrait pas à une longue traversée.

— Ah bon ? Qu'est-ce qu'elle a ? Il ne me l'a pas dit…

— Elle crache le sang.

— Depuis des mois. L'en est pas morte.

La porte s'ouvrit sur le gouverneur. Celui-ci attaqua bille en tête :

— Bien, vous connaissez la situation. Alors ? Voulez-vous faire le bourreau ?

Le Floc'h ouvrit une bouche stupide. Avait-il bien compris ? Bourreau ? Comme l'homme noir de Saint-Brieuc, celui à qui il manquait la main gauche ?

— Monsieur le gouverneur a peu de temps à vous consacrer, fit sèchement Rive. Votre réponse ? Une proposition aussi intéressante ne vous sera pas faite deux fois !

Le Floc'h semblait paralysé.

Inspirant un grand coup parce que le chantage n'était pas habituellement dans ses manières, Vénot expliqua au malheureux que de sa réponse allait également dépendre la décision du Conseil à son égard.

— Ou bien vous êtes capable de vous établir honorablement au sein de la communauté, ce que nous vous proposons en ce moment même, ou alors vous n'êtes qu'un vagabond échoué sur l'île et dont la femme est tuberculeuse, auquel cas, à moins de disposer d'un pécule suffisant…

Se penchant vers Le Floc'h :

— Avez-vous des économies ?

— Non, m'sieur.

— Des amis pouvant répondre de vous, un garant ?

— Non…

— Alors, dommage pour vous. M. le chef des douanes va donc arbitrer votre cas.

— Pas de toit, pas d'argent. C'est non ! glapit Rive. Il ne peut pas rester.

Choisissant cet instant de tension pour intervenir, d'Emeray de Charmoy posa la main sur l'épaule décharnée de Le Floc'h, contact qui le dégoûta beaucoup, mais il fallait ce qu'il fallait.

— Savez-vous travailler le bois, monsieur Le Floc'h ?

— Un peu, Votre Altesse.

« Altesse » fit sourire tout le monde, sauf d'Emeray de Charmoy qui se rengorgea.

— Tant mieux, tant mieux.

Se tournant vers les trois autres :

— Bien, si vous permettez, messieurs, autant informer tout de suite M. Le Floc'h des avantages matériels alloués à la fonction de bourreau, d'exécuteur public, veux-je dire, afin qu'il puisse faire son choix en toute connaissance de cause. A vous la parole, monsieur le président du Conseil.

Vénot déplia la feuille frappée d'un timbre de cire rouge qu'il avait devant lui :

— Logement gratuit et quatre cents francs répartis comme suit : trois cent quatre-vingts francs pour l'exécution du condamné, et vingt francs pour démonter et ranger. Ce qui fait quatre cents francs. C'est marqué là, noir sur blanc.

Quatre cents francs ! Voilà un langage que Le Floc'h comprenait, sans pourtant oser y croire. Le jour où une dame de la ville avait acheté des œufs, il avait fallu faire tout le tour de son village pour réunir la monnaie de sa pièce de cinq francs. Il était abasourdi par l'énormité de la somme.

— Vous pouvez solliciter une avance, susurra Espinasse. Elle vous sera versée dès signature du contrat. C'est-à-dire à l'instant même, si vous le voulez...

— C'est oui ou merde, lâcha le gouverneur, mais décidez-vous avant que je ne quitte cette pièce. Il faut que je retourne à mes ventouses, moi. Alors, Le Floc'h, tu veux couper des têtes, oui ou non ?

— Oh ! oui, Votre Alt... Euh, oui m'sieur ! bredouilla le nouvel exécuteur public de Saint-Pierre.

Et il signa, en tirant la langue, la feuille que lui tendait Vénot.

— Ne t'avise pas de changer d'avis, menaça le gouverneur en agitant son doigt. Sinon, de bourreau, tu pourrais bien passer à victime...

Sur ce, il s'inclina brièvement :

— Messieurs, bien le bonsoir.

Vénot se leva à son tour, aussitôt imité par les deux autres. Le Floc'h, lui, restait vissé sur sa chaise, comme sonné, et serrait d'une main molle celles qu'on lui tendait.

— Mes félicitations, monsieur Le Floc'h !

Et comme on ouvrait la porte de l'antichambre où Jeannette dormait à moitié, adossée au mur :

— Réjouissez-vous, madame Le Floc'h, votre mari a trouvé un emploi.

— Et vos ennuis sont terminés.

— Vous avez bien de la chance. Ah ! encore une petite chose... Dans l'intérêt général, soyez discrète, ne parlez à personne de votre nouvelle charge.

La pauvre femme serrait son bébé contre elle.

— On a le temps…

Elle avait demandé au condamné de lui faire découvrir les abords de l'Ile aux Chiens ; ils pourraient en faire le tour, ce devait être vraiment joli sous le soleil, et Léontine ne les attendait pas avant dix heures.

Neel s'était exécuté avec joie, comme toujours, enivré de la trouver si belle, avec ses cheveux qui frisottaient aux tempes à cause des embruns, avec ses dents très blanches, avec ses… Il eut honte de ses pensées et se flanqua une bonne claque sur la tête.

— Quelque chose vous a piqué ? demanda Solange.

— Oui, si on veut.

Elle fit mine de s'absorber dans la contemplation du paysage qu'elle découvrait de la mer pour la première fois. La petite grève qu'ils longeaient, déserte et face au large, collait parfaitement à son plan.

Solange s'exclama que c'était merveilleux, les promenades en barque, mais qu'elle donnerait cher pour se dégourdir un peu les jambes. Neel proposa aussitôt d'accoster cinq minutes, si elle le voulait.

— Bonne idée ! dit-elle en se levant d'un bond.

— Pas si vite, madame La, vous allez tomber à l'eau !

Elle sauta prestement sur les galets que léchaient les vagues, mouillant le bas de sa robe. Lorsque Neel voulut descendre à son tour, elle le repoussa dans le doris.

— Vous, vous restez à bord !

— Ah bon ?

Solange avait répété son rôle dans sa chambre, imaginant le dialogue avec toutes sortes de variations, mais ce n'était vraiment pas la même chose avec un interlocuteur en chair et en os ; elle improvisa donc :

— Avez-vous confiance en moi, Neel ?

Il fit oui de la tête.

— M'aimez-vous assez pour m'obéir aveuglément ?

S'il l'aimait ?... Il détourna les yeux et acquiesça de nouveau.

— Alors, sauvez-vous chez les Anglais !

— Pardon ? fit-il, abasourdi.

— Vous êtes assez fort pour ramer jusqu'à Terre-Neuve. Je m'arrangerai ensuite pour que Léontine et la petite vous rejoignent.

Elle désigna les sacs au fond de la barque :

— Il y a là-dedans des provisions pour une semaine, et des vêtements chauds. Partez ! Sauvez votre tête !

Et comme Neel ne bougeait pas :

— Obéissez-moi, supplia-t-elle.

— Non, madame La, je ne peux pas faire ça.

Solange avait prévu ce refus, l'avait espéré inconsciemment. Son premier mouvement, qu'elle réprima, fut de l'en féliciter. Mais elle se fit violence, inspira profondément, et appela à son secours une rage ancienne, n'importe laquelle, une de ces échardes de l'âme dont chacun souffre par intervalles sans être capable de l'identifier. Elle sentit bientôt une grande colère lui remonter les veines à la manière d'un poison, la posséder tout entière...

— Quoi ? explosa-t-elle. Après six mois de « Merci, madame La — Que vous êtes bonne, madame La — Dieu vous bénisse, madame La », vous osez me dire non ?

Et elle flanqua un coup de pied dans la coque du doris.

— Vous vous êtes fait mal, madame La ? fit Neel affolé.

Solange le fusilla du regard.

— Allez-vous-en ! Disparaissez ! Je ne veux plus jamais vous voir, vous m'entendez ? Jamais !

Neel ne cessait de la considérer d'un air malheureux.

— Ce que vous êtes collant ! Je ne peux plus vous supporter, je vous déteste, allez-vous-en, je vous dis !

Le ressac continuait de ramener mollement le canot vers la grève.

— Vous ne comprenez donc pas que je me suis juste servie de vous ? Un homme, c'est plus amusant qu'un chien ! Maintenant, le jouet ne me convient plus ! C'est aussi simple que cela !

Quelque chose se brisa en Neel, sa lèvre inférieure se mit à trembler, ses yeux à le piquer.

— Adieu, lui cria-t-elle tandis qu'il saisissait les rames.

Solange le regarda s'éloigner jusqu'à ce qu'il ne fut plus qu'une petite tache sombre dansant sur le lointain des vagues.

Les quatre conseillers sursautèrent lorsque la porte claqua et qu'entra Saint-Roc, sans s'être fait annoncer. Il marcha droit à la grande table ovale autour de laquelle ils jouaient à la belote.

— Quand on parle du loup, murmura le petit chef douanier à son voisin.

Noyal Espinasse, le jeune commissaire de la marine, songea à un de ces Spartes courant à l'ennemi entièrement nu, « avec le courage pour seul bouclier ». Il se rappelait vaguement une version grecque qu'on lui avait donnée au collège.

Il ne pouvait se dissimuler que Saint-Roc lui inspirait un mélange de haine et d'admiration. Ni qu'il aurait aimé lui ressembler, au physique comme au caractère. Avec son mètre soixante, sa maigreur sans charme, son torse chétif de garçonnet, son visage asymétrique où le nez sans relief touchait presque aux lèvres absentes, il était bien conscient de l'abîme qui le séparait du fringant capitaine. Que n'avait-il sa prestance ! Quant au caractère, il se savait terne ; aucune détermination visible, et une conversation si plate qu'on l'interrompait en général au bout de deux phrases. Les idées ne lui manquaient pas, ni même la culture, mais il ne savait pas les exposer en public. Combien les autres devaient le juger insignifiant ! Il se souvint de son adolescence triste et studieuse, de ces jeunes filles qui riaient en le regardant faire ses premiers pas dans le monde, maladroit et solennel, mettant à rude épreuve son orgueil de timide... Médiocre ? On verrait bien ! Il avait pris alors pour devise, secrètement : « Plutôt monstrueux qu'imparfait ! » Il ne haïssait rien autant que la tiédeur, la platitude. Quand il avait attrapé la vérole, il avait délibérément négligé de se soigner ; les cratères qui marquaient aujourd'hui sa peau l'enchantaient : ils le sortaient du lot. Puisqu'il ne réussirait jamais par la lumière, il brillerait par la noirceur. Il forçait toujours ses instincts les plus vils. Mais quelque chose au fond de lui, qu'il s'escrimait pourtant à étouffer, subsistait encore et tendait à la vertu. C'était comme un pâle rayon de soleil dans une forêt très obscure. Et le capitaine Saint-Roc avait tendance à réveiller, par sa simple présence, cette dernière faiblesse de son âme... Que voulait-il cette fois ? — Dieu qu'il était beau !

Le capitaine n'attendit pas que les membres du Conseil fussent revenus de la surprise que leur avait causée son intrusion.

— Messieurs, il faut revoir le cas de Neel Auguste, lança-t-il à la cantonade. Vous n'ignorez pas que son exécution risque de provoquer une émeute.

Le matou gris que caressait le gouverneur s'échappa d'un bond sous la table.

— Voyez, fit d'Emeray de Charmoy, vous faites peur à mon chat. Cela me fâche.

— Qui vous permet de forcer la salle du Conseil pour nous menacer d'une émeute ? continua à sa place Vénot. Tiendriez-vous ces libertés d'une consigne de votre état-major ?

Saint-Roc n'avait pas les roueries du vieil homme de loi ; l'accusation de Vénot le déconcerta. Les menacer d'une émeute ? Ce n'était pas ce qu'il avait voulu dire. Il se reprit très vite. Avec ces gens, il fallait user de plus de circonspection. Il ne s'adressait pas à ses soldats, que diable !

— Je ne vous menace en aucun cas, président, c'est seulement que je reviens à l'instant du port et que j'ai pu constater le mécontentement qui y règne. Les gens grondent. Déjà, la dernière fois...

— Je vous avais prévenu, ce me semble.

Le gouverneur avait récupéré son chat. Il interrompit Saint-Roc, comme pour mieux le déstabiliser :

— M. Hugo, poète dont vous appréciez sûrement les opinions, dit qu'une émeute raffermit les gouvernements qu'elle ne renverse pas.

Il tenait l'animal effrayé contre sa poitrine, lui attrapant les pattes pour éviter que les griffes n'abîment son beau gilet brodé. Cet effort l'absorbait si bien que Vénot poursuivit à nouveau en son nom, reprenant la même stratégie :

— Dites-moi, capitaine, s'il devait y avoir un soulèvement chez nous, votre détachement se ferait un devoir de le contenir, n'est-ce pas ? De la même façon que vous avez protégé la guillotine, l'autre soir, contre la poignée d'ivrognes qui voulait la démolir ?

Saint-Roc sentit le coup. La manœuvre était habile. Et il se détesta de s'être laissé faire comme un novice. Mais il n'avait plus le choix. S'enfonçant un peu plus avant dans le piège :

— Je veux bien parlementer. Mais je refuse catégoriquement de faire donner les armes contre la population, dit-il. Et même de les lever contre elle !

Rancœurs, vexations, jalousies… Les ressentiments contre le joli capitaine ne manquaient pas. Ils revenaient en travers de la gorge des quatre conseillers chaque fois qu'ils se trouvaient face à Saint-Roc. Jusque-là, ils avaient été bien forcés de ravaler cette boule d'aigreur qui les étranglait ; aujourd'hui, l'occasion était belle de la retourner à l'envoyeur. Saint-Roc avait dépassé les bornes. Un militaire est tenu d'obéir, il n'avait pas de conseils à leur donner, croyait-il pouvoir leur dicter leur conduite ? L'arrogant plierait, et il paierait l'insolence de ses manières, avec intérêt. Les principes auxquels il se croyait tenu n'étaient pas ceux du gouvernement qu'il représentait ; ce n'étaient en tout cas ni ceux du gouverneur, ni ceux de Vénot, ni bien sûr ceux de Rive, le petit douanier. Noyal Espinasse ? Oh ! avec celui-là les choses étaient toujours plus ambiguës, mais il serait de leur côté, aucun doute là-dessus : Saint-Roc l'avait trop bien ridiculisé le jour de la provocation en duel… Le capitaine avait de son devoir une vision bien trop personnelle. Ses idées ne pouvaient que saper l'ordre établi, dont ils étaient les garants. Pour qui se prenait-il enfin, avec son idéalisme, son honneur, sa soi-disant justice ? Il ne les avait que trop nargués déjà… en montant un cheval comme le sien, en ayant une femme comme la sienne. Trop belle, trop libre. Les Saint-Roc n'avaient pas leur place dans cette petite île où la moindre excentricité faisait l'effet d'une insulte.

Les quatre notables n'eurent pas besoin de se consulter.

D'Emeray de Charmoy, Vénot, Espinasse, Rive, bien qu'ils ne s'aimassent guère les uns les autres, sentaient qu'ils tenaient enfin leur vengeance. Tant pis si c'était une vengeance commune. Il ne leur restait plus qu'à faire sortir le jeune capitaine de ses gonds. Ce ne serait pas bien difficile. Ensuite, il serait à leur merci : personne ne sacrifie sa carrière pour sauver un assassin condamné à mort. Cette tête brûlée savait bien tout de même que Paris ne pardonnerait pas pareille indiscipline : dans un instant, la part de raison qui devait subsister en Saint-Roc le ferait s'humilier comme un chien et bafouer ses beaux principes.

Vénot releva ses manches, leva les yeux au plafond, puis, de la voix la plus suave possible :

— Franchement, capitaine, des raisons d'ordre sentimental ne vous portent-elles pas à juger cette affaire de façon trop personnelle, vous… et votre femme surtout ?

Evoquer Mme La et Neel Auguste ensemble avait chaque fois l'effet escompté : Saint-Roc le fixa durement ; Vénot n'avait pas manqué son but : le capitaine était hors de lui. Pourtant il trouva encore la force de se contenir.

— J'aimerais que vous m'expliquiez, monsieur, ce que mon épouse a à voir ici ? Vous causerait-elle du tort ?

— Vous n'avez pas répondu à la question.

Saint-Roc dévisagea un à un tous les conseillers. Il leur tenait toujours tête.

— Je n'admettrai pas une nouvelle insinuation. Sachez que je m'estime directement provoqué chaque fois que le nom de ma femme est prononcé de la sorte.

Il ne mit pas la main à son épée cette fois, mais la pensée y était. Les lèvres minces de Noyal Espinasse eurent un frémissement, sans doute rétrospectif. Et d'Emeray de Charmoy battit en retraite. C'est sur un ton beaucoup plus prudent qu'il murmura :

— Pourtant…

— Je suis juste venu vous avertir, dit Saint-Roc, que, au vu des circonstances, je refuse d'assurer l'exécution du condamné. C'est ainsi. La chose n'est pas à négocier.

— En qualité de capitaine du régiment, la loi vous y oblige cependant, vous l'avez admis vous-même chaque fois que la question a été abordée.

— Ma conscience me dicte le contraire.

— Tout de même…

— Non !

— Vous refusez d'obéir ?

— Je refuserai certainement de tirer sur de braves gens dont je partage l'opinion.

— Cet humanisme sera jugé, à Paris plus qu'ici, comme une insoumission majeure. Je crains pour vous !

— Et moi, je délivre le Conseil de toute solidarité concernant mon destin personnel.

Un temps.

— … Je l'autorise même à s'en féliciter ouvertement.

Les conseillers paniquèrent. Ils avaient cru que Saint-Roc craquerait, et voilà qu'il ne cédait pas. L'affaire allait plus loin qu'ils ne l'avaient souhaité.

— Voyons, capitaine, fit le gouverneur, vous n'ignorez pas l'état d'esprit qui règne à Paris en ce moment ? Surtout au sujet de nos colonies et des militaires ! On fusille pour moins que cela…

— Je sais.

— Et puis, pourquoi vous obstiner ? La guillotine est prête et nous avons le bourreau. D'une façon ou d'une autre, Neel Auguste sera décapité.

— Il serait temps de commuer la peine, c'est ce que j'étais venu vous dire.

— Et moi, je serai forcé de rapporter votre indiscipline à

votre état-major. C'est là mon devoir. Mais vous pouvez encore revenir sur votre décision.

— Et vous sur la vôtre.

— Pensez à vous ! Pensez à votre femme !

Saint-Roc eut un rictus amer et sortit en claquant la porte.

— Il est foutu, murmura Vénot d'une voix blanche.

A mesure qu'il galopait le long des falaises pelées, Saint-Roc sentait le calme le gagner. Etrangement, il était serein, comme délivré d'un poids énorme.

Il alla jusqu'au Cap d'Aigle, d'où on voit le soleil se lever du côté de la France. C'était l'endroit qu'il préférait, avec sa grande cascade dont le dernier rebond atteignait la mer.

Debout au bord du gouffre, il goûtait le vent d'ouest, et ses cheveux lui giflaient le visage. Il resta longtemps ainsi, sans bouger, sans penser à rien, ne voulant penser à rien, jouissant de cette fusion avec la nature qui le faisait tout à la fois infiniment grand et infiniment petit.

Sous ses pieds, un homme remontait, des sacs sur l'épaule, le sentier abrupt de l'Anse aux Espoirs. Le premier mouvement de Saint-Roc fut de contrariété ; on le dérangeait dans son besoin de solitude. Mais sitôt qu'il reconnut le condamné, son expression changea.

— Vous m'avez fait chercher ? fit Neel.

— Non.

— Mme La n'a rien dit ?

— Non.

— Je m'étais évadé.

Saint-Roc admira que Neel rejette la faute sur lui seul. Il y eut, en apparence seulement, comme un flottement entre les deux hommes ; ils étaient aussi peu expansifs l'un que l'autre.

— Je savais que tu reviendrais, lança simplement Saint-Roc.

— Si je suis revenu, c'est pour n'emmerder personne.

Neel ne pouvait pas se douter que son évasion aurait au pire valu un blâme au capitaine, tandis que son retour…

— Tu as bien fait, dit-il. Très bien fait.

Et il était sincère.

Ils se séparèrent, sans s'être dit un mot de plus, à la hauteur du calvaire des Retrouvés, où Saint-Roc piqua de l'étrier vers le fortin.

Il venait à peine de passer le haut porche de la cour que déjà Gustave, le maréchal des logis, trottinait derrière son cheval pour lui apprendre la nouvelle.

— Mme La est revenue de l'Ile aux Chiens trempée jusqu'aux genoux, commença-t-il prudemment.

— Et alors ? répondit Saint-Roc.

— Elle avait la tête de quelqu'un qui a pleuré, si je peux me permettre, capitaine. Comme s'il était arrivé un drame. J'ai rien pu faire, elle est montée en courant.

— Vous vous faites des idées, Gustave, lança Saint-Roc en sautant à bas de sa monture.

Le maréchal des logis regardait ses pieds, mal à l'aise ; Saint-Roc s'en amusa sans le laisser paraître :

— Qu'est-ce qu'il y a encore ?

Si Neel s'était vraiment enfui, songea Saint-Roc, quel temps précieux serions-nous en train de perdre !

— Ben… hésitait l'autre.

— Ben… quoi ?

— Ben… il y a qu'elle est rentrée seule, sans le condamné.

Le soldat s'attendait si bien aux foudres de son capitaine qu'il rentra instinctivement la tête entre les épaules. Ce ne serait qu'un mauvais moment à passer. Mais il trembla plus fort lorsqu'il prit soudain conscience qu'il avait manqué à son devoir et omis de faire un rapport immédiat à l'adjudant Milot, afin que celui-ci tienne la garnison prête à partir à la recherche de l'évadé au retour du capitaine. Peut-être même aurait-il dû montrer assez de zèle pour anticiper l'ordre. Pour lui, il serait mis aux arrêts, cela ne faisait pas de doute.

— Le condamné ? fit mine de s'étonner Saint-Roc. Mais, je viens de le croiser, il sera là dans quelques minutes.

Il avait parlé trop bas pour que Solange l'entende.

Elle avait attendu son retour tout l'après-midi, avec angoisse, en faisant elle-même le ménage de leurs trois petites pièces, bien qu'elle disposât d'une jeune fille pour ces tâches. Depuis que tout étincelait, son anxiété ne trouvait plus d'exutoire. Finir la broderie commencée un mois plus tôt ? Solange avait bien essayé, mais sa nervosité lui avait fait faire n'importe quoi. Elle regretta d'avoir déjà trié son armoire au bénéfice de Léontine et des autres veuves, cela l'aurait occupée.

Grave, tendue, elle écouta son époux monter l'escalier et se précipita dans ses bras dès qu'il eut ouvert la porte :

— C'est fait… Pardon, Roc ! Tout est ma faute ! s'écria-t-elle en le débarrassant de sa cape avec des gestes maladroits.

Lorsqu'elle se fut détournée, pour l'accrocher à la patère :

— Neel m'a obéi ; il s'est enfui.

Il la considérait avec une espèce de curiosité dépouillée de tout reproche qui la décontenança.

— J'ai tout prévu, se hâta-t-elle d'ajouter, je raconterai qu'il est tombé du doris, que je l'ai vu se noyer sous mes yeux… C'est mal de mentir mais il vaut mieux que les gens le croient mort en mer. C'est plus digne d'un marin, tu comprends ?

Et, comme il ne répondait pas :

— Je l'ai fait pour lui, et aussi pour toi. On te punira peut-être, mais au moins tu n'auras pas à tirer sur de pauvres gens pour qu'un monstre de bourreau puisse tranquillement couper le cou de Neel.

Elle l'embrassait partout, sur le nez, sur la bouche, sur les yeux, lui baisait les mains, affolée, craignant qu'il explose de colère.

— Regarde, dit seulement Saint-Roc en l'entraînant vers la fenêtre.

Au-dessous d'eux, dans la lumière rouge, irréelle, du soleil couchant, Neel traversait la cour.

— On s'est fait du souci à ton sujet, l'père, lançait un soldat sur son passage.

— Même qu'on croyait que tu t'étais évadé ! ajoutait un autre en rigolant.

— La bonne blague ! répondit Neel d'une voix plate.

Et il referma la porte de sa cellule derrière lui.

Solange était au désespoir. Elle quitta l'embrasure de la fenêtre :

— Pourquoi ? Pourquoi est-il revenu ?

— Tu le sais aussi bien que moi.

Il détacha un brin d'algue collé sur la joue de sa femme :

— Une chose est sûre : je ne conduirai pas cet homme à la guillotine.

— On ne te le pardonnera pas ! s'alarma-t-elle.

— Et toi, fit-il en la pinçant un peu, je ne te pardonnerai pas de ne pas filer à la cuisine me préparer un de ces ragoûts brûlés dont tu as le secret.

— Arrête de faire l'idiot ! Ce n'est pas le moment !

— Si tu ne fais pas ce que je t'ai demandé, je te terrasse sur le carrelage glacé.

Solange n'en voulut pas à Saint-Roc d'user de cette diversion pour calmer son angoisse. Ce mélange d'autorité affectée, d'humour douteux et de sexualité de taverne prenait dans le décalage force d'anesthésique.

— Je préférerai que cela se passe sur le lit.

— Et après tu te mets à tes casseroles ?

— Oui. Et après je me mets à mes casseroles. C'est fou ce que tu es romantique ! railla-t-elle en le tirant vers la chambre.

Il n'y eut pas de ragoût, même brûlé. Une nuit d'amour, oui. Ils s'aimèrent avec la force du désespoir, et le sommeil les surprit enlacés.

Mais un répit ne pouvait effacer la réalité, une réalité qu'il n'était pas besoin de regarder au travers d'une loupe pour la trouver monstrueuse. Le désespoir ressuscita avec le jour. Mais pour Solange, dans « désespoir », il y avait toujours le mot « espoir ». Elle avait foi en la meilleure part de la nature humaine et ne se serait pas pardonné de ne rien tenter. Un peu avant midi, accompagnée de Neel auquel elle ne voulait rien dire de crainte qu'il ne s'opposât à la démarche, Solange se rendit chez Le Floc'h. Lui et sa femme étaient en résidence surveillée depuis l'incident du port. Camille Prigent, un des soldats de Saint-Roc, assurait leur garde. Lorsque Vénot avait exigé que la caserne lui procurât un homme pour cette tâche, il avait fallu le désigner par tirage au sort ; personne ne voulait de la charge, et Saint-Roc n'avait pas le cœur de forcer les volontés autrement que par le hasard.

Camille Prigent tira la plus courte paille. Maintenant il devait partager une intimité qui le dégoûtait.

— Soldat, avait ordonné Vénot, j'attends de vous que vous ne quittiez pas le bourreau d'une semelle. Même si personne n'est au courant qu'il a accepté cette fonction, on ne sait jamais, il peut y avoir des fuites. Le danger pourrait alors survenir du dehors, comme du dedans. Je ne voudrais pas qu'il se défile à la dernière minute. Surveillez la moindre de ses paroles, le moindre de ses gestes !

En vertu de quoi Prigent passait le plus clair de son temps à tirer sur sa pipe assis sur une grosse pierre devant la porte du hangar.

C'est dans cette position que le trouvèrent Solange et Neel.

— Bonjour, Camille !

— Bonjour, madame La, bonjour, Neel, fit-il avec un petit geste de la main parce qu'il savait bien que la femme du capitaine s'embarrassait peu de convenances militaires.

Solange pria Neel d'apporter de sa part un sac de tisane à un petit malade de la maison voisine. Elle voulait l'éloigner.

Dès qu'il fut parti, elle alla droit au but :

— Je viens voir le bourreau.

Le soldat n'osa pas répondre qu'il l'avait deviné.

— Je vais être franche avec vous, Camille. Je ne suis pas venue lui rendre une visite de courtoisie.

— Oh ! mais cela ne me regarde pas…

Seulement, il ajouta aussitôt après qu'il était navré : il n'avait pas la permission de laisser entrer quiconque.

Solange savait qu'il ne serait pas long à fléchir. Il avait dit que cela ne le regardait pas, n'était-ce pas déjà une manière d'accord ? Et puis Prigent n'avait-il pas été le premier de la garnison à rejoindre Neel dans sa cellule pour des parties de domino enfiévrées ? Et le jour où il s'était démis l'épaule en tombant d'une échelle, Neel ne la lui avait-il pas remise en place sans presque le faire souffrir ? L'homme avait de la considération, peut-être de l'amitié pour le prisonnier. Solange lui promit que si les choses tournaient mal, elle prétendrait s'être introduite en douce.

— Soyez gentil, laissez-moi entrer.

Prigent avait ôté son couvre-chef et se grattait le cuir chevelu.

— J'peux pas, madame La.

— Et si c'est votre capitaine qui vous le demande ?

— C'est lui qui vous envoie ?

— Oui, mentit-elle, mais personne ne doit le savoir.

— Dans ce cas, c'est pas pareil... fit le soldat qui cherchait une manière honorable d'accéder au désir de leur petite reine à tous, unique femme dans un univers d'hommes, qui les enchantait par sa seule présence.

Il s'effaça pour lui laisser le passage.

Rien de changé dans le hangar, n'était-ce une toile à wary, tendue entre deux murs pour masquer un peu la guillotine.

Le Floc'h l'avait dénichée dans une vieille malle. Mais cela n'avait pas été simple. Tout d'abord, il accrocha la toile trop haut : on voyait le piétement de l'échafaud, le début des marches. Plus bas, c'était encore pire : le spectacle de la grande potence, avec le croissant de lune de sa lame scintillante, sautait aux yeux. Le Floc'h finit par trouver la bonne hauteur, c'est-à-dire un compromis acceptable, à condition de vivre très près du sol. Et c'est ce qu'ils faisaient, lui et sa femme. Quand ils ne se traînaient pas à croupetons pour passer de leur paillasse au réchaud, quand il fallait vraiment se mettre debout pour s'étirer un peu ou pour sortir faire ses besoins, alors ils faisaient bien attention de ne pas croiser « le regard de la veuve ». Parce que, si on n'y prenait pas garde, plein de choses confuses et très désagréables montaient à la tête et emplissaient d'épouvante. Cette veuve n'était pas une personne de bonne compagnie.

Le Floc'h n'en pouvait plus d'attendre. Quinze jours déjà que tout était prêt et rien ne venait.

Et là, qui frappait à la porte ?

— Dépêche-toi d'aller ouvrir.

Comme sa femme ne bougeait pas, il la menaça de la main :

— Tu la vois, celle-là ? Va ouvrir, j'te dis !

Petit-Joël ventousé à son téton, Jeanne Le Floc'h se dressa difficilement sur ses jambes squelettiques. Il lui fallait contourner l'espèce de rideau et passer devant la potence pleine d'ombres noires. Elle détourna la tête et cacha les yeux de son fils.

Un joli visage, tout propre, tout lumineux, s'encadrait dans la porte entrebâillée :

— Bonjour !... Bonjour ?...

Et comme Solange n'obtenait pas de réponse :

— Je peux entrer ? dit-elle en poussant le battant vermoulu.

Jeanne Le Floc'h restait dans le courant d'air à la contempler d'un air tout à la fois méfiant et subjugué.

— Fermez vite, le bébé va prendre froid.

La tête chafouine du mari surgit de derrière la cloison de toile :

— Qu'est-ce que c'est ?

— Monsieur, dit Solange en s'approchant, je suis Mme Saint-Roc, l'épouse du capitaine de la caserne. Il commande le détachement militaire, et...

Elle avait l'impression que sa voix se perdait dans la haute charpente du hangar.

— Et j'essaie de me rendre utile...

— On n'a besoin de rien, aboya Le Floc'h.

« Ce n'est pas le moment de se démonter », songea Solange qui sentait déjà son courage vaciller.

— Je pensais seulement que comme vous veniez d'arriver, je pourrais peut-être vous aider à vous installer... à trouver du travail ?

— J'en ai déjà un.

— Bourreau, oui. Ce n'est pas un emploi très régulier. Et

puis, êtes-vous bien certain que les inconvénients de la tâche ne dépassent pas les avantages ? Puisque personne n'est encore au courant, profitez-en pour changer votre fusil, votre hache, veux-je dire, d'épaule. Je peux vous dénicher quelque chose de moins affreux, de plus respectable…

Regardant l'enfant assoupi dans les bras de sa mère :

— Fils de bourreau, soupira-t-elle, quelle malédiction !

Le Floc'h ne put s'empêcher de pâlir. C'était le moment de l'attaquer de front. Mais Jeanne Le Floc'h s'était mise à sangloter, et la détresse de cette jeune mère vrillait le cœur de Solange.

— Racontez-moi un peu. On m'a dit qu'on vous avait donné un porc, pour vous entraîner… Parce que vous êtes nouveau dans la profession, n'est-ce pas ? Un bon gros porc, bien rose. Cela a été un sacré carnage, à ce qu'on raconte ! Il paraît que vous vous y êtes repris à quatre fois, et que la bête était en si piteux état que le boucher l'a achetée au quart du prix.

— J'ai pas l'droit d'en parler.

— Bien sûr. Un bourreau, ça ne parle pas. Et personne ne parle à un bourreau ! On refuse même de toucher à son argent. La vie ne va pas être facile, pour vous…

— C'est arrangé, on nous amènera tout c'qui faut. Pas b'soin d'sortir.

— Et vous y croyez ? Vous êtes bien naïf.

La rage donnait à Solange des envies de meurtre. Elle bouillait d'indignation à l'idée que ce pauvre type — ce misérable ! — s'apprêtait sans remords apparents à ôter la vie à un être d'exception. Et tout cela pour quoi ? Pour une rétribution qui ne lui ferait pas plus de quelques mois ; cet imbécile ne se rendait pas compte de qui l'attendrait ensuite. Elle discuta encore. En vain. De toutes les armes, se dit-elle, la bêtise est la plus redoutable. Comment lutter contre ça ?

— Venez. Je vais vous montrer quelque chose.

— J'bouge pas d'là, moi.

— Très bien, fit Solange en marchant vers la porte qu'elle ouvrit violemment.

— Neel ! appela-t-elle.

— Oui ? fit le condamné dont la large silhouette se détacha aussitôt dans le chambranle.

— Voici, monsieur, la tête que vous allez couper, lança-t-elle au bourreau.

Elle saisit le condamné par la main et l'entraîna jusqu'à Le Floc'h.

— Vous m'entendez ? C'est cette gorge-là que vous allez trancher.

Elle leva le menton de Neel pour bien lui dégager le cou.

— Regardez bien cette grosse veine bleue qui bat si fort ! Imaginez le sang qui vous giclera au visage ! C'est poisseux, le sang, on a du mal ensuite à s'en débarrasser…

Le Floc'h fit un pas arrière. Solange avait les yeux baignés de larmes.

— Ne vous inquiétez pas, madame La, murmura Neel pour la calmer. Ce n'est pas encore fait.

Lui-même ne semblait pas particulièrement affecté par les images qu'elle avait évoquées. Elles lui étaient déjà familières : il n'avait pas oublié le cadavre du père Coupard.

Solange était lancée, on eût dit qu'on ne pouvait plus l'arrêter :

— Ah ! ce n'est pas pareil qu'un porc, un homme ! Cela se débat avec les yeux !

Et comme Le Floc'h détournait maintenant la tête :

— Ce jour-là, vous ne pourrez pas regarder ailleurs !

L'homme se boucha les oreilles à deux mains, tandis que sa femme se réfugiait à l'autre bout du hangar.

— Oh ! vous pouvez vous cacher tant que vous voulez, l'un et l'autre, hurlait Solange. Et dissimuler la machine derrière un pan de voile. Quand vous serez bien hantés de l'intérieur, vos démons vous tortureront jour et nuit !

— Venez, dit Neel en lui prenant doucement le bras. Ne restez pas là, ce sont de pauvres gens…

Il ne semblait même pas en vouloir à celui qui serait son bourreau ; il avait l'air de le comprendre, et de le plaindre.

Cette commisération parut toucher Le Floc'h plus encore que les attaques de Solange. Mâchoire crispée, livide :

— C'est que j'gagnerais jamais autant, grogna-t-il. Vous ne savez pas ce que c'est, vous autres…

Son regard s'attarda sur la robe de la jeune femme dont la soie luisait dans la pénombre.

— Si je pouvais faire autrement, ajouta-t-il, bien sûr, j'dis pas…

La jeune femme tressaillit de dégoût et, malgré son mépris pour cet homme, l'idée de l'acheter fit son chemin dans sa tête. Que ne disposait-elle d'assez d'argent pour lui jeter au visage le double, le triple même, de ce qu'on lui proposait. Il flancherait alors, cela ne faisait pas de doute. Solange avait bien quelques bijoux, des breloques, un pendentif que lui avait offert Saint-Roc. Combien pourrait-elle en tirer ? Trouverait-elle seulement preneur ? Les marins de Saint-Pierre étaient trop pauvres, les autres se méfieraient, jaseraient, refuseraient… Organiser secrètement une collecte auprès des pêcheurs ? Mais même si on parvenait à réunir la somme nécessaire pour se débarrasser de celui-là, le gouverneur ne serait pas long à trouver un autre bourreau. Et comment ferait-on alors ?

— Venez, répétait Neel.

Et, comme s'il avait deviné ce à quoi pensait Solange :

— Venez. Je vous assure, ça n'en vaut pas la peine.

Il l'entraîna hors du hangar.

Depuis le jour où il avait fait irruption en salle de Conseil et qu'il avait signifié aux quatre conseillers son refus formel d'encadrer l'exécution, Saint-Roc n'était plus le même.

Les soldats de la garnison n'en étaient pas plus mécontents. Fini les corvées ; on vit même apparaître une guitare. Vérifier la bonne tenue des uniformes, l'état des armes, contrôler leur maniement, toutes ces occupations de routine furent abandonnées peu à peu ; la troupe était d'ailleurs parfaitement formée et pouvait se passer sans mal de ce genre d'exercices. On s'en tenait désormais au service minimum. On ne peut pas dire que le capitaine laissait à ses hommes la bride sur le cou, ni qu'il ne respectait plus le règlement ou le prenait à la légère, non ; mais il n'avait plus le goût des astreintes militaires, et c'était tant mieux. A la caserne, personne en tout cas ne songeait à se plaindre.

Leur présence sur cette île à morues n'avait-elle pas surtout valeur de symbole ? Les Anglais avaient depuis longtemps renoncé à s'emparer de ce caillou du bout du monde. Aucun ennemi à l'horizon. Le drapeau français pouvait flotter en toute quiétude. Alors, si un bouton de guêtre manquait, ou que la sentinelle s'endormait un peu sur son fusil, quelle conséquence cela avait-il ?

Saint-Roc pouvait s'absenter sans crainte.

Quand il n'était pas auprès de sa femme, il s'en allait à cheval. Parfois il filait comme l'éclair sur la lande, parfois il se laissait bercer par le pas de l'animal et errait au hasard dans l'intérieur de l'île. Ces longues promenades lui donnaient une sensation de liberté à nulle autre pareille. Lorsqu'il reparaissait au crépuscule, le visage poli par le vent, l'œil lointain et mélancolique,

Solange évitait de le tirer trop brusquement de sa rêverie : il fallait lui laisser le temps de passer d'un univers à un autre.

Cette façon nouvelle qu'il avait d'avoir la tête ailleurs inquiétait un peu la jeune femme. Par instants Roc semblait n'être plus tout à fait le même. Mais dès qu'il avait retrouvé ses esprits, il revenait vers elle avec une tendresse et une fougue qui faisaient oublier à Solange ses préoccupations.

Elle ouvrait la porte avant même qu'il n'en touche la poignée, posait un baiser sur sa joue glacée, l'aidait à retirer ses bottes. Puis elle s'asseyait dans un fauteuil près du sien, son ouvrage sur ses genoux, et attendait. Cela pouvait prendre dix minutes, ou une heure, avant qu'il ne la regarde soudain et lance quelque chose du genre de :

— Eh bien alors, mon ange ?...

A ce signal, elle s'empressait auprès de lui, faisant mine d'être confuse, comme si c'était elle qui l'avait délaissé.

Ce jour-là, Saint-Roc s'était absenté plus longtemps que de coutume. Il avait quitté la maison au saut du lit et galopé droit devant lui, sans but, s'émerveillant des capacités de sa monture ; pas un fossé qu'elle ne franchît allègrement, pas un obstacle qu'elle ne sautât d'un bond si leste qu'elle semblait ne devoir jamais retoucher terre. C'était au cavalier de refréner les ardeurs de l'animal.

Oui, Morue-Salée, ainsi que Solange avait choisi de l'appeler, était bien malgré son nom ridicule le cheval qu'il avait attendu toute sa vie. Celui dont il se disait, dans ses rêves de petit garçon, quand il voulait oublier les mauvais traitements et l'horrible bouillie de l'internat militaire des pupilles de la Nation, qu'il mènerait sur son dos de grandes et belles batailles.

Où étaient les soldats brandissant l'étendard de la victoire, les ennemis étendus pêle-mêle dans une mer de sang, et leurs râles, leurs supplications, leurs dernières prières ? Et où était-il, lui, marchant glorieux au milieu du carnage ? Aucun charognard ne tournoyait dans le ciel, et pourtant il se sentait combattre, à l'instant même. C'était un combat invisible, mais qui n'en était pas moins méritoire. N'avait-il pas défié une armée tout entière en s'opposant à ces quatre père-la-vertu : Vénot, d'Emeray de Charmoy, Espinasse et Rive ?

Ces hommes-là ne l'aimaient pas, c'était sûr, et il ne les aimait pas non plus. Mais qu'avait-il au juste à leur reprocher, en dehors de leur suffisance, de leur étroitesse d'esprit ?

« L'alliance de la vanité et de la bêtise, se dit-il, il n'y a rien de plus redoutable. »

Il aurait pu, comme il l'avait fait jusque-là, se contenter d'éviter leur compagnie, et s'en tenir aux rencontres officielles, aux réunions administratives. Mais un homme avait fait irruption dans sa vie, et avait rendu l'affrontement inévitable.

« Il vient toujours un moment, songea-t-il, où l'on doit prendre son parti. Maintenant, au moins, je sais à quel côté de la barricade j'appartiens. »

En même temps, cette condamnation qu'il avait déplorée, et qui mettait désormais sa carrière en péril, il ne pouvait vraiment en faire grief au gouverneur et à sa clique... Neel avait tué, il était juste qu'il fût tué en retour ; c'était la loi, on ne pouvait y déroger, même si c'était une loi absurde, puisqu'elle ne prévoyait pas qu'un criminel payât sa dette autrement qu'en perdant la vie. Il devait bien y avoir d'autres solutions, que diable !

De leur volonté intransigeante à voir la loi s'accomplir, Saint-Roc ne tenait pas plus rancune aux quatre hommes. N'étaient-ils pas les représentants de la législation française ? Ils n'avaient pas d'autre solution que de l'appliquer à la lettre.

Qu'était-ce alors ?

C'était peut-être la jubilation qu'ils y mettaient. Leur goût immodéré de l'ordre : ce plaisir qu'ils prenaient à punir, comme si cela les rassurait. La guillotine devait être la muraille ultime qui les défendait contre ce qui leur faisait peur. Une tête tombe dans le panier, voilà ces petites âmes momentanément satisfaites... Oui, il fallait décidément être habité par d'horribles fantômes pour ne pouvoir les exorciser qu'en faisant couler le sang.

D'autres considérations y avaient aussi leur part, bien sûr.

Leur acharnement à voir Neel décapité n'était-il pas également pour eux une manière de l'atteindre, lui, Saint-Roc, en prime, et de lui faire ravaler ses façons, sa liberté d'esprit, ses mouvements de cœur ? En sacrifiant un homme et en brisant peut-être la carrière d'un autre, ils prouvaient leur toute-puissance et, plus important, qu'ils avaient raison contre lui, qu'il n'y avait pas de place sur cette terre pour les grands sentiments.

N'était-ce pas finalement l'extrême rigidité du gouvernement qu'ils représentaient que Saint-Roc repoussait au travers des quatre conseillers ? L'absurdité d'un système qui n'envisage pas le repentir, qui n'admet pas qu'un individu puisse changer, et s'amender ? Connaissaient-ils si mal leur catéchisme ? La religion ne leur avait-elle pas appris que les criminels aussi peuvent faire leur salut ? Mais sans parler de la grâce divine, un peu d'amitié, de considération, un sourire, de simples occasions de se rendre utile, vous transformaient radicalement un être. Il en avait eu la démonstration, pendant six mois, à quelques pas de lui...

Des mouettes qui tournaient au-dessus de sa tête se mirent à crier comme pour dire à Saint-Roc qu'elles l'approuvaient et partageaient son opinion. Il regarda le ciel. Le soleil était au zénith quand il avait commencé ses réflexions. Quelle heure était-il maintenant ? Deux heures au moins. Solange devait l'attendre pour le déjeuner.

La pensée de Solange lui donna soudain une sorte de grand remords, comme un vertige : avait-il le droit de l'entraîner dans sa chute en persistant dans son attitude ? C'est le cœur lourd de chagrin qu'il tourna bride et se dirigea vers Saint-Pierre-la-Ville.

Solange... Elle aussi l'approuvait, comme elle l'approuvait en tout, et cela le fit se sentir doublement coupable. Pour elle, pour ne pas lui imposer le sort des dégradés, des bannis, des exclus, ne devait-il pas se plier aux ordres et accomplir son devoir comme il l'aurait fait si le condamné n'avait pas été Neel ? Ne devait-il pas changer de bord, et se ranger du côté des notables de l'île ? Mais alors, lui pardonnerait-elle ?

Solange... A quoi pensait-elle en l'attendant ?

Depuis le retour des beaux jours, malgré le froid et le vent toujours tenaces, elle s'obstinait à ce qu'ils prissent leurs repas de midi sur le chemin de garde du fortin. C'est qu'on y jouissait d'une vue tellement extraordinaire, disait-elle. Et cette table si joliment dressée en haut du rempart, à la merci des bourrasques, avec sa nappe brodée, lestée de pierres, faisait à Saint-Roc l'effet d'un inconfort charmant. Solange avait toujours été comme cela, et plus encore ces derniers temps : il lui fallait profiter de tout ce qui est beau. Combien de fois ne l'avait-elle pas tiré du lit alors que l'aube pointait pour aller admirer un lever de soleil qui promettait, assurait-elle, d'être exceptionnel !

Et il allait la priver de tout ce qui donnait du prix à sa vie…

Solange… Parce qu'il pensait à elle, un sourire tendre et rêveur flotta malgré tout sur les lèvres de Saint-Roc. Mais le spectacle inattendu sur lequel il tomba au détour d'un gros rocher lui fit brusquement changer d'expression.

Face à la mer, sur un à-plat herbeux, le gouverneur déjeunait en famille. L'aspect bucolique de ce repas était démenti par la tournure cérémonielle dont d'Emeray de Charmoy ne parvenait jamais à se départir. Deux domestiques en livrée s'empressaient auprès de lui et de son épouse, laquelle semblait avoir déjà bu plus que de raison. Les deux garçons, eux, étaient servis par Mlle Blair, la gouvernante anglaise. La malheureuse veillait à faire tenir les jumeaux tranquilles sur leurs pliants, à ce qu'ils n'avancent pas l'index sur le manche du couteau, à ce qu'ils se tiennent bien droits, à ce qu'ils ne salissent pas leurs jolis costumes marins…

Point non plus de simplicité du côté du service. Là où une grande nappe et un panier rempli de bonnes choses auraient suffi, se déployait une profusion de plats compliqués, commandés aux cuisines du « palais », de couverts et de timbales en argent, une foule de récipients de toutes tailles, plus superflus les uns que les autres. L'attirail de pique-nique commandé chez Tournon & Fils servait pour la première fois. Et certainement pour la dernière, à en juger par l'exaspération de tous. Les enfants se plaignaient ;

ils n'aimaient pas les viandes froides, des aoûtats leur grimpaient sur les jambes, et que dire des guêpes attirées par le festin ?

Malgré les épingles, le chapeau de Mme d'Emeray de Charmoy menaçait de s'envoler, et puis elle avait froid :

— Resservez-moi donc un verre de vin, cela me réchauffera !

Même le gouverneur, qui avait pourtant décidé ce pique-nique, ne parvenait pas à faire fi du pliant incommode qui lui faisait regretter les chaises rembourrées de leur salle à manger.

Seul son vieux royaliste de père, la perruque poudrée de guingois sur la tête, avec ses bas roses et son habit à longues basques, paraissait enchanté. On l'avait installé sur une liseuse de joncs tressés d'où il observait, moqueur, l'inconfort de ses rejetons.

— Papa, papa ! C'est le capitaine ! s'écria joyeusement un des gros jumeaux du gouverneur.

— Où ça ? tressaillit d'Emeray de Charmoy.

— Là, juste derrière vous, papa, près de notre calèche !

— Veux-tu te taire ! siffla le gouverneur qui ne put s'empêcher de jeter un œil derrière son épaule : Saint-Roc se tenait immobile sur sa selle et le fixait de son regard indéchiffrable.

— Et puis, on ne montre pas les gens du doigt !

D'Emeray de Charmoy déplaça un peu sa chaise de façon à tourner plus encore le dos au capitaine. Et continua de mastiquer son blanc de volaille avec ostentation.

Il n'en renversa pas moins une bouteille de bière du pays sur le damas de la nappe.

— Cet homme vous rend bien nerveux, mon fils, railla son père.

Père et fils se dévisagèrent sans aménité. Le gouverneur n'aima pas ce qu'il lut dans les yeux du vieil homme : il lui sembla revenir des années en arrière, lorsque, enfant, il réclamait une veilleuse pour dormir ou qu'il pleurait parce qu'un gamin avait levé la main sur lui, au collège. Un même regard l'avait accueilli aussi le jour où il avait présenté à ses parents la future Mme d'Emeray de Charmoy.

— Continuons de manger comme si de rien n'était, fit-il entre ses dents serrées. Et soyez naturels, que diable !

Il croyait sentir le souffle des naseaux du cheval de Saint-Roc sur sa nuque.

Tous replongèrent le nez dans leurs assiettes de porcelaine, sauf le vieux papa du gouverneur qui s'était redressé pour mieux voir le capitaine s'éloigner au trot.

— Papa, ne le regardez pas, surtout !

— Bon cavalier, ce jeune capitaine. Beaucoup d'allure, dit le vieil homme sur un ton de connaisseur.

— J'ai demandé son rappel, annonça sèchement d'Emeray de Charmoy fils.

— Et pour quel motif, je vous prie ?

— Raisons politiques !

— Vous voulez rire, j'espère.

— Sachez, monsieur, que ce cosaque déconsidère votre propre fils jusqu'à Paris ! Oui, parfaitement ! Jusqu'à Paris !

— Ah ! ah !

— Cet animal et sa foutue femelle soustraient un gibier de potence à mon autorité, et...

— Sornettes !

— Sornettes, mon œil... Cette madame La et son bellâtre de mari sont tellement cul et chemise avec...

— Charles-Paul, voyons ! fit mine de s'indigner Mme d'Emeray de Charmoy qui, jusque-là, dormait à moitié sur sa chaise pliante.

— Oh ! je n'ai pas peur de le répéter : tellement cul et chemise avec ce Neel Auguste que j'ose à peine sortir dans la rue par crainte d'un face-à-face embarrassant.

— Voilà, mon fils, qui vous apprendra à mieux écouter les conseils de votre père. Les eussiez-vous écoutés que...

— Papa, je vous en prie, ne remettez pas ça !

— Dire que j'avais obtenu pour vous une des plus hautes charges ecclésiastiques, poursuivit son père. Au lieu de cela, vous vous êtes obstiné à rallier l'ignoble cause républicaine ! Quelle avanie ! Quel affront pour notre famille qui, jusqu'à vous, n'avait jamais abandonné son roi !

— Votre roi, comme vous l'appelez, papa, est un gros homme

mou qui se contente depuis trente ans de prendre les eaux à Vichy en attendant que les temps changent ! Nous sommes en 1888, nom de Dieu, sous la présidence de Sadi Carnot !

— Je vous interdis de parler comme ça du prétendant au trône !

Le gouverneur sembla faire un gros effort pour recouvrer son calme.

— Parlons d'autre chose, voulez-vous, papa ? Je ne voudrai pas être cause que vous succombiez à une attaque d'apoplexie.

— Merci pour votre sollicitude, mon fils, mais mon cœur se porte à merveille. Vous feriez mieux de sonder le vôtre un peu plus souvent…

Sur ces mots, le vieil homme s'allongea et rabattit sa perruque jusque sur ses yeux.

— N'empêche : c'est un joli cavalier.

Le fils n'allait pas se laisser moucher comme cela.

— Vous savez de quoi j'ai accusé le capitaine Saint-Roc, dans ma lettre ?

Là, il marqua un temps, comme pour mieux ménager son effet.

— De sédition ! Oui, de sédition !

— Ma parole, vous voulez le faire fusiller ? sursauta son père.

— J'en ai le pouvoir.

Et il se mit à mastiquer une cuisse de poulet sous les yeux effarés de toute l'assistance.

QUATRIEME PARTIE

Le bar du Chardon Bleu faisait aussi tabac. C'était une salle enfumée, au plafond bas, où les jeunes de l'île jouaient au flipper dans la lumière des néons, tandis que des vieux à l'œil vague éclusaient leurs blancs secs au comptoir. Le samedi soir, on y dansait au son d'un orchestre de « celtic rock » ; des filtres rouges tamisaient alors les lumières, et le prix des consommations augmentait sensiblement. En semaine, on se contentait de la musique que diffusait la radio placée près de la caisse.

Lorsque Karmadec entra acheter son paquet quotidien de cigarettes, c'était l'heure des informations : le présentateur annonça un tremblement de terre en Turquie, puis que l'équipe du Paris-Saint-Germain avait évité le pire en deuxième mi-temps contre… Contre qui ? Le bruit du percolateur couvrit la fin de la phrase.

— Comme d'habitude ? dit le patron en tirant des Dunhill Inter du présentoir.

Karmadec n'était pas arrivé depuis une semaine qu'on le traitait déjà en habitué. Tandis qu'à Paris, dans le café où il venait tous les matins depuis des années, la dame à lunettes lui demandait chaque fois :

— Et pour vous, ça sera… ?

Il échangea avec le patron du Chardon Bleu quelques banalités sur la météo, enfourna les Dunhill dans la poche de son anorak, paya et sortit.

On trouvait sa marque de cigarettes à l'hôtel, mais il préférait se les procurer en ville. C'était d'ailleurs la seule occasion pour lui de mettre le nez dehors. Et cela ne lui ressemblait pas. Il avait toujours aimé les grandes promenades en solitaire, mais ici, étrangement, alors que le paysage en valait vraiment la peine, Karmadec ne quittait pas sa chambre. Sinon pour descendre dans le lounge prendre ses repas, boire un whisky sour ou un bloody mary, échanger quelques mots avec le barman, feuilleter encore les livres de la petite bibliothèque, et contempler les morues empaillées.

Cette rangée de poissons aux écailles vitrifiées avait sur lui, et cela le faisait rire, une véritable emprise ; le pouvoir d'obscurcir la réalité, de l'emporter loin, de le relier au passé.

Il rivait son regard à une de ces petites bouches aux lèvres ourlées, ou à un détail de branchies, un coin de nageoire, et il était parti.

Il se retrouvait à Saint-Pierre-et-Miquelon, en 1888.

Dans ces songes éveillés, au cours desquels il revivait en pensée l'histoire de Neel, ce condamné à mort qui l'avait intrigué dès le premier jour parce qu'il avait donné son nom à une place de la ville, son ancêtre à lui, Loïc Karmadec, était toujours présent, quelque part dans le tableau, mais c'était en quelque sorte une présence invisible, un fantôme si familier qu'on ne le remarque même plus.

Cet ancêtre avait dû fumer sa pipe, sur le quai, le jour de l'arrivée des fleurs de Solange.

Il était dans l'auditoire au procès de Neel, dans les rangs des marins.

C'était un client parmi d'autres au café du Nord.

Peut-être avait-il ramé lui aussi sur un des doris qui avaient remorqué *La Boudeuse* et son chargement funeste.

Et avait-il ensuite essuyé de son mouchoir malpropre les larmes de reconnaissance versées par Neel, quand il lui avait fourré sa paye dans une poche…

Sur le seuil du café, l'aïeul de Karmadec était, par exemple, cet homme aux cheveux coupés drus qui discutait gaiement avec Mlle Barbotte :

— C'est que notre Neel a toutes les chances de voir la frimousse qu'aura son gamin, si ça continue comme ça.

— Possible. Ça fait un moment qu'on n'entend plus parler de la veuve et du bourreau…

— Remettez-moi donc la même chose, m'zelle Barbotte. Que j'boive à la santé de votre sauveur.

Septembre pointait en effet sans que rien ne se fût passé. Le soldat Prigent, chargé de la protection du couple Le Floc'h, avait été renvoyé au fortin sous prétexte qu'on n'avait plus besoin de ses services, et, depuis quelque temps, l'exécuteur public osait s'aventurer hors du hangar en plein jour. On le vit même flâner sur le port.

S'il s'attirait des regards circonspects, Le Floc'h n'avait plus à craindre grand-chose ; le secret n'avait pas transpiré ; la population ignorait qu'il avait accepté de devenir le bourreau de Saint-Pierre. Le Floc'h n'était finalement, aux yeux de tous, qu'un pauvre type qui s'était chargé de transporter la guillotine depuis le bateau jusqu'à l'entrepôt. Pouvait-on l'en blâmer ? Après tout, il était nouveau sur l'île et ne connaissait pas le condamné.

Quant à la guillotine, on répétait à l'envi qu'elle avait fait le voyage pour rien, que sa lame se ternirait bientôt de rouille, que ses montants de bois finiraient dans le ventre des termites. Que ce n'était que justice, parce que Neel était un homme « comme il faut ».

Un homme dont l'existence, à mesure que la menace du couperet s'estompait, avait repris son cours normal. Les plantations de la serre, pour une raison inconnue, un parasite, peut-être ? étaient en piteux état, et Solange en était très affectée, comme si elle voyait là un signe du destin. Mais Neel, avec la patience et la douceur qui le caractérisaient, réussit un miracle : non seulement les fleurs reprirent vie, mais elles montrèrent bientôt une vigueur accrue, un éclat qu'on ne leur avait pas vu auparavant.

Le matin, donc, Neel jardinait.

Puis venait l'heure d'après le déjeuner, consacrée aux leçons d'écriture et de lecture sous la férule de Solange. Apparemment, Neel n'avait jamais fréquenté dans son enfance la petite école des frères de Ploermël ; les bases les plus simples lui manquaient. Il apprenait avec une avidité que contraignait la lenteur de son esprit. On ne pouvait pas dire qu'il fût sot, loin de là, plutôt qu'il n'avait pas été habitué à se pénétrer de notions qu'il ne pouvait appliquer sur l'instant, et dont seule la somme faisait un tout. Il s'acharnait néanmoins, et Solange lui promit qu'il serait à même de lire et d'écrire avant l'hiver.

Le reste du temps, Neel courait d'une maison à l'autre, colmatait un mur par-ci, transportait un chargement par-là... S'il échangeait volontiers quelques mots avec ceux auxquels il rendait service, il refusait toujours, sous un prétexte ou un autre, leurs invitations répétées : Neel ne se sentait pas toujours digne d'entrer chez les gens, de partager avec eux ne fût-ce qu'un verre d'eau. Il avait tué.

Seules ses nuits lui appartenaient vraiment, qu'il passait désormais sur l'Ile aux Chiens, auprès de Léontine.

Karmadec écrasa dans le cendrier la cigarette qu'il venait d'allumer. Il devait secouer la léthargie qui s'était emparée de lui depuis qu'il avait posé le pied sur cette île ; son billet de retour était fixé au surlendemain.

« J'aurai fait un curieux voyage », songea-t-il.

Rien ne le retenait sur ce caillou battu par les vents ; pourtant, il flairait qu'il était en danger de n'en jamais repartir. Dire qu'à Paris, la perspective d'un seul après-midi sans objectif l'emplissait d'un sentiment d'angoisse... Cette pensée le fit sourire.

Oui, aucune distraction ne valait ces promenades dans le temps.

Il aurait pu rester là, des années encore, dans ce même fauteuil, à regarder les morues empaillées.

Il termina son verre d'une traite pour se donner du courage, puis monta à sa chambre.

Faire sa valise ne lui prit pas plus de quelques minutes.

« En descendant, je demanderai qu'on prépare ma note », se dit-il encore.

Voilà, il était soulagé. On pouvait dire à présent qu'il était « sur le départ ».

Puis il s'assit sur son lit :

— C'est idiot, ce que je viens de faire, fit-il à voix haute, je suis encore là pour deux jours.

Et il entreprit de défaire son sac de voyage.

Maintenant ? Il tourna en rond un bon moment dans sa chambre : étrangement, il s'ennuyait depuis qu'il pensait à son départ. Comment allait-il tuer le temps qu'il restait ? Il frissonna à la perspective d'une promenade sur la lande pluvieuse, bâilla d'avance en songeant qu'il pourrait aller voir *Forrest Gump*, qu'on donnait dans le petit cinéma de la ville. Il imagina un instant louer une voiture pour visiter l'intérieur de l'île ; la démarche, trop compliquée, le découragea. Il eut alors l'idée de faire un tour dans les archives de la municipalité : après tout, n'était-ce pas son ancêtre qui l'avait conduit jusqu'à Saint-Pierre ? Il serait dommage d'être venu jusqu'ici sans s'informer mieux sur lui. Il lui devait bien ça.

Quelque part, dans un registre poussiéreux de la préfecture, au fond d'un obscur sous-sol, quelque lignes dont l'encre avait pâli lui étaient sûrement consacrées.

« Comme on n'a jamais retrouvé le corps, se dit Karmadec, ce sera une manière d'aller m'incliner sur sa tombe. »

Il consulta sa montre : trois heures. Il fallait se dépêcher s'il voulait arriver avant la fermeture des bureaux.

Personne à l'accueil. Alors Karmadec poussa une porte au hasard et tomba sur trois employés municipaux, occupés à boire le café au milieu d'un désordre invraisemblable.

— Vous vous trompez, monsieur, ici, c'est l'Urbanisme. Les Archives, c'est au sous-sol, avait répondu celui qui avait une moustache tombante.

Couloirs, escaliers, couloirs ; dédales de béton, murs peints en gris jusqu'à mi-hauteur et rampes de néons. Ce labyrinthe désert était inattendu dans un bâtiment dont l'allure extérieure rappelait plutôt la maison de Scarlett O'Hara.

« La municipalité semble avoir vu les choses en grand », se dit Karmadec.

Il trouva finalement : « Bureau des Archives », c'était peint au pochoir sur la porte ; la peinture avait un peu dégouliné. Karmadec toqua : pas de réponse. Il frappa de nouveau : silence encore, si bien qu'il entra sans y avoir été invité.

La pièce était minuscule et ne comportait aucune décoration, et même aucun meuble, à l'exception d'un bureau avec un téléphone dessus. Karmadec attendit. Au bout de quelques minutes, il s'enhardit à pousser la large porte pare-feu qui occupait presque tout le mur du fond.

Il tomba sur une grande salle rectangulaire. Du sol au plafond, et sur une dizaine de rangées, des étagères pleines de boîtes en carton avec des indications griffonnées sur les côtés.

Karmadec repéra un jeune type grimpé sur un escabeau, un plumeau à la main, la cigarette plantée au coin des lèvres, alors que des panneaux d'interdiction de fumer étaient accrochés un peu partout :

— Bonjour, je cherche un renseignement. Les K, c'est de quel côté, s'il vous plaît ?

Le garçon sursauta ; il n'avait pas entendu Karmadec entrer.

— Pardon ? fit-il en cachant sa cigarette du mieux qu'il pouvait.

— Les K ?… K comme Karmadec ?…

— Vous avez un laissez-passer, m'sieur ?

— Non…

— Alors c'est embêtant.

— Comment fait-on, pour s'en procurer un ?

— Il faut que vous alliez à l'accueil remplir un formulaire, et ensuite que vous le fassiez viser par mon supérieur.

— Mais il n'y a personne, à l'accueil, j'en viens !

— Ce n'est pas vraiment un problème, ça ! Mme Denis a dû sortir son chien, elle va revenir bientôt. Ce qui est plus ennuyeux…

Il se gratta la tempe.

— … Ce qui est plus ennuyeux, reprit-il, c'est que mon supérieur est en congé. Il rentre dans trois jours. Revenez la semaine prochaine, ce sera mieux.

Sur ce, il se remit à épousseter ses étagères.

— C'est que je retourne à Paris demain matin, mentit Karmadec.

— Qu'est-ce que j'y peux, moi ? Je ne peux pas vous laisser vous balader tout seul, c'est interdit.

— C'est pour mon père, vous comprenez ? Depuis son cancer, la généalogie, c'est son dada. Il ne lui manque plus que quelques informations pour terminer l'arbre de la famille, je voudrais lui faire cette surprise.

Le jeune homme semblait très près de flancher :

— Oui, mais quand même, se défendait-il.

— Allez, fit Karmadec, si vous pouviez regarder ce qu'on trouve pour Karmadec, Loïc, ce serait vraiment gentil.

Le garçon haussa les épaules :

— C'est bon, allez-y, fouinez tant que vous voulez, ça ne me dérange pas plus que ça.

— Je veux bien, mais…

— Mais quoi ?

— Non, rien, répondit Karmadec, je vais me débrouiller.

La seule vue des rayonnages lui donnait le vertige. Il inspira un grand coup et s'avança courageusement.

Il ne lui fallut qu'un instant pour comprendre que la tâche serait plus ardue qu'il n'avait escompté.

— Visiblement, dit-il, c'est classé par années…

— Ben, oui !

— Le problème, c'est que j'ai seulement le nom de mon ancêtre. Je sais qu'il a vécu à Saint-Pierre et qu'il y est mort. Quelque chose entre 1880 et 1895. Mais pas davantage.

— En effet, c'est plutôt flou…

Karmadec fut touché de voir que le petit jeune homme semblait navré, comme si le problème le concernait désormais. Il devait s'ennuyer, le pauvre, à passer ses journées sous terre.

— Rien qu'une année, m'sieur, ça ne tient pas sur un seul rayonnage ! Et de 1880 à 1895, ça fait quinze ans ! Y'en aurait pour vachement longtemps à tout regarder, vous ne vous rendez pas compte !

— Si, justement.

— On voit bien que vous n'avez jamais mis les pieds dans un centre d'archives, vous alors !

— C'est vrai.

— Remarquez, moi non plus, avant. En fait, je fais juste un remplacement, le temps des vacances. Du tri, des rangements, tout ça… Parce que sinon, je fais « pharmacie » à Aix-en-Provence. Je suis en première année et…

Il rougit, peut-être gêné de son enthousiasme à se raconter, et conclut en avalant la moitié des mots :

— C'est sympa, comme ville, Aix, il y a plein de jeunes, ça change d'ici.

Karmadec s'apprêtait à prendre congé. Après tout, il était venu ici sans véritable curiosité, pas même par acquit de conscience, plutôt pour tuer le temps. Que pouvait-il s'attendre à trouver au fond d'une de ces boîtes ? La date exacte de la mort de Loïc Karmadec, tout au plus. C'était se donner beaucoup de peine pour pas grand-chose.

— Merci, en tout cas.

— De rien, m'sieur. Et désolé !

Karmadec n'avait pas atteint la cage d'escalier qu'il entendit le jeune homme l'appeler :

— Oui ?

— Il y a peut-être une solution.

— Vraiment ?

— Etcheverry.

— C'est quoi, Etcheverry ?

— Pas c'est quoi, c'est qui.

— Pardon, c'est qui ?

— Un monsieur vraiment calé qui a écrit plein de bouquins sur Saint-Pierre. Il a même un site Internet !

— Merci, c'est gentil, je lui enverrai un e-mail de Paris.

— Vous feriez tout aussi bien d'aller le voir, il habite à deux pas.

Puis, comme le téléphone sonnait :

— Zut, faut que j'aille répondre.

Et il repartit en courant.

— 25, rue des Abondances ! cria-t-il de loin.

Le 25 était coincé entre une quincaillerie et un herboriste. C'était une petite maison à trois étages, du genre qui comprend une pièce par niveau. Karmadec avait à peine le doigt sur la sonnette que la porte s'ouvrait.

M. Etcheverry était grand, bâti en colosse, le visage brun, très souriant, les cheveux grisonnants. Plus tout jeune, assez âgé même, mais bel homme. Il portait un jean et une chemise à carreaux.

— Je suis vraiment confus de vous déranger à l'improviste, s'excusa Karmadec.

Le rez-de-chaussée : un salon prolongé d'une cuisine à l'américaine. Tout cela bien propre, méticuleux : pas vraiment l'idée que Karmadec pouvait se faire de l'antre d'un érudit. Une cocotte-minute se mit à siffler au moment où il allait se présenter à son hôte.

— C'est mon ragoût, expliqua celui-ci.

Etcheverry revint avec une bouteille de vin, des olives et des biscuits d'apéritif.

— Asseyez-vous donc.

Karmadec prit place dans un fauteuil aux accoudoirs protégés par des napperons au crochet.

— Alors, comment trouvez-vous notre île ?

Karmadec n'eut pas le temps de répondre que déjà Etcheverry enchaînait.

Savait-il, par exemple, que ce n'était pas la latitude qui faisait le climat de Saint-Pierre, mais l'influence du courant froid du Labrador qui mêle ses eaux à celle du Gulf Stream, d'où les brouillards intenses et prolongés ? Avait-il visité le phare de la pointe à Galantry qui tirait autrefois deux coups de canon toutes les deux heures en cas de brume ? Avait-il goûté la bière de spruce, qu'on tire du sapin ? Il n'ignorait tout de même pas que la morue de printemps a le ventre mou parce qu'elle se nourrit de capelans, tandis que celle d'automne, bourrée de ces petits poulpes nommés encornets, est beaucoup plus ferme ? Qu'elle en a de telles indigestions qu'elle régurgite un magma dont les pêcheurs se servent pour « boëter » leurs hameçons ?

— Vous êtes vraiment un « maillou » !

— Un quoi ?

— Un « maillou » : c'est notre façon de désigner les métropolitains.

Etcheverry avait beau donner un tour interrogatif à la plupart de ses phrases, il ne laissait pas à son hôte le temps d'ouvrir la bouche.

« C'est le genre de type qui se débrouille toujours pour avoir le premier rôle, même à l'enterrement de quelqu'un qu'il connaissait à peine », se dit Karmadec. Il n'en était pas moins sous le charme du personnage.

Bien que rien ne semblât exister au-delà de son monde à lui, Etcheverry rayonnait de sympathie et veillait au bien-être de son hôte avec une courtoisie exquise, allant jusqu'à déplacer une lampe dont l'ampoule semblait l'éblouir. L'énergie qu'il déployait était telle que Karmadec se sentit vidé. Même lorsqu'il montait et redescendait l'escalier menant à son bureau pour en rapporter des cartes, des illustrations ou des articles de journaux, écrits généralement par lui, il n'en continuait pas moins de parler. Souvent aussi il se levait comme un diable et allait vérifier la hauteur de la flamme sous son ragoût.

Karmadec, lui, flottait dans une torpeur bienheureuse : comme un enfant auquel on raconte une histoire passionnante, mais qui s'endort un peu. C'était comme s'il avait oublié ce pour quoi il était venu ; de toute façon, le maître de maison ne s'en était pas inquiété.

Etcheverry en était maintenant à l'exode basque, qui n'avait cessé qu'avec la déliquescence de la pêche à la morue.

— Je suis moi-même originaire de Saint-Jean-de-Luz, proclama-t-il fièrement.

Et il n'avait pas abandonné l'espoir d'en parler un jour la langue :

— J'ai longtemps manqué d'interlocuteurs, mais depuis quelque temps, je me suis fait des camarades sur le Net.

L'œil de Karmadec se ralluma :

— Vous avez eu un basque célèbre, à Saint-Pierre…

— Vous pensez à Neel, le condamné à mort ? fit Etcheverry en lui tendant un petit cigare.

Il ne fut pas même question de refuser l'invitation à dîner :

— Vous n'aurez pas le cœur de me laisser en tête-à-tête avec mon bout de viande, tout de même !

Etcheverry connaissait « l'affaire » en détail. Il parlait de Neel, de Solange, de Saint-Roc et des autres comme s'il se fût agi de contemporains, qu'il aurait côtoyés.

— Mangez donc, ça va être froid !

Fasciné, Karmadec l'écoutait raconter, avec une incroyable précision, et peut-être quelques embellissements, l'histoire qui depuis son arrivée à Saint-Pierre n'avait pas cessé d'occuper ses pensées.

Arrivé au moment où la menace de la guillotine semblait envolée, où la vie paraissait avoir repris son cours normal, à tel point que Saint-Roc et les quatre conseillers se saluaient courtoisement chaque fois qu'ils se croisaient, où Léontine pouvait regarder Neel endormi sans se l'imaginer mort et étouffer des sanglots :

— En fait, s'exclama-t-il, la veuve ne dormait que d'un œil !

— La vache !

Ils étaient près d'une vingtaine, des garçons de douze à quinze ans, à s'exciter sur le quai : le cuirassé de guerre *Jauréguiberry* faisait son entrée dans le Barachois.

— Visez un peu la mitrailleuse !

— C'est une Gatling !

Le gosse prit une claque derrière la tête :

— C'est une Nordenfeldt, j'te dis !

— On parie cent sous.

— Tope là !

Ils avaient plutôt intérêt à être sûr de leur coup, ces deux-là, parce que cent sous, cela représentait un bon moment à retourner des morues sur les graves. Les petites filles se moquaient d'eux, les « graviers ». A cause de leur odeur — ils empestaient le poisson séché — et aussi de leurs vilaines mains, toutes craquelées par la saumure. Mais eux s'en fichaient pas mal, des filles, du moment qu'ils rapportaient leur salaire à la maison. Rien ne vaut à treize ans le regard fier d'un père.

Les autres, les adultes, n'étaient pas moins excités, seulement plus calmes en apparence. C'était la première fois qu'on voyait un bateau de guerre, un cuirassé, à Saint-Pierre. C'était une chose très nouvelle, ces navires à hélice, avec deux mâts dont les voiles n'étaient hissées qu'en haute mer, ou bien en cas de panne. Mais on s'était fait raconter ; les pêcheurs saisonniers, ceux qui venaient de Brest, de Bayonne ou du Havre, avaient déjà eu l'occasion d'en voir.

— Ça vous gagne toutes les guerres, un truc pareil, fit un marin qui mâchouillait sa pipe.

Mlle Barbotte disait que c'était incompréhensible, parce que l'acier, ça coule forcément.

— Normal que ça flotte, c'est plein d'air.

— Et l'acier, fit-elle, c'est pas plus lourd que l'air, peut-être ?

Non, décidément, pour la patronne du bistrot, il y avait quelque chose de louche là-dessous.

C'était aussi l'opinion de Saint-Roc, qui fixait le bateau du haut du chemin de garde, quoique pour une raison qui n'avait rien à voir avec les lois de la pesanteur. Saint-Pierre était une escale pour nulle part ; un détour plutôt. « Pourquoi alors ce cuirassé de guerre ? » se demandait-il, bien qu'il eût déjà l'intuition de la réponse.

Il descendit l'escalier de granit qui menait près de la petite serre où s'affairaient Neel et Solange.

— On prépare les fleurs pour l'hiver, lui dit-elle en essuyant ses mains pleines de terre à son tablier.

— Hum, fit Saint-Roc.

— Je te trouve bien laconique.

— Je viens de voir un vaisseau militaire, dans la rade.

Le sourire de Solange s'envola.

— C'était prévu ?

— Non. Je vais me mettre en tenue.

Il émanait de lui un calme effrayant, qui alarma Solange. Mais elle se retint de le suivre ; on voyait qu'il avait besoin d'être seul.

Devant le grand miroir, quand il termina de boutonner son col d'officier, Saint-Roc songea : « On dirait la toilette d'un mort. »

S'ils avaient connu Saint-Roc, les deux officiers qui descendirent de la chaloupe militaire lui auraient trouvé une pâleur inhabituelle. Et si Saint-Roc avait été moins absorbé, il eût remarqué que le plus âgé des deux, le contre-amiral du *Jauréguiberry*, posa sur lui un regard empreint de sollicitude.

Mais la seule chose que voyait Saint-Roc, c'était que le capitaine qui accompagnait le vieil officier portait un uniforme pareil au sien, aux couleurs de l'archipel, et qu'il baissa les yeux lorsqu'il fut à sa hauteur.

C'était la preuve que son intuition avait été la bonne.

D'ailleurs, voilà qu'accourait à leur rencontre le quatuor au grand complet, d'Emeray de Charmoy en tête. Et il y avait plus que de la politesse dans leur empressement : comme du soulagement.

Saint-Roc était fixé. Il n'en continua pas moins à maintenir son détachement au garde-à-vous jusqu'à ce que les calèches se fussent ébranlées, emportant les nouveaux arrivés vers le palais du gouverneur.

— On vous y attend pour la collation de bienvenue, lui dit le petit chef douanier au passage.

Le sous-entendu était clair : il s'agissait moins d'une invitation que d'une convocation.

Chez le gouverneur, Rive sembla moins sûr de lui. Il faut dire que le beau capitaine n'était plus figé alors dans une attitude militaire. Quant celui-ci le frôla exprès, Rive eut un mouvement de recul, comme s'il craignait de prendre un coup. Et Vénot, sitôt qu'il aperçut Saint-Roc, fit mine de s'absorber dans la contemplation d'une mauvaise copie du *Massacre de Scio* de Delacroix. Quant à d'Emeray de Charmoy, il manqua s'étouffer avec sa religieuse au café.

S'ils jubilaient de tenir enfin leur victoire, tous paraissaient craindre encore le vaincu.

Noyal Espinasse, plus retors, s'empressa de venir le saluer. « Tape-moi dans le dos, pendant que tu y es », pensa le capitaine.

Au milieu de tous ces hypocrites, seul le contre-amiral, après un salut réglementaire, serra chaleureusement la main de Saint-Roc. Jusque dans sa façon de formuler son renvoi, il se montra aimable :

— Capitaine, lui dit-il au bout d'un moment, votre état-major vous réclame d'urgence.

Il y avait de l'embarras dans sa voix. Puis, se tournant vers l'officier qui l'accompagnait :

— Je vous présente le capitaine Dumontier. C'est lui qui va vous remplacer à la tête du détachement.

— Toutes mes félicitations, dit seulement Saint-Roc.

Pour les quatre conseillers, ce compliment qui n'était que ce qu'il était avait un parfum d'ironie qui leur parut s'adresser à eux seuls. L'impudent, se disaient-ils, continue de nous narguer !

— Voici vos ordres, capitaine, fit le contre-amiral en lui tendant un pli. Je peux déjà vous dire que nous aurons le plaisir de faire route ensemble.

— Quand cela, mon commandant ?

— Nous lèverons l'ancre demain soir. Votre épouse peut nous accompagner, ou bien vous rejoindre plus tard. Que décidez-vous ?

— J'ai pour habitude de lui laisser le choix, mon commandant.

— Ah, une femme moderne ! Méfiez-vous ! soupira le contre-amiral en entraînant Saint-Roc vers le fumoir dont il referma la porte derrière eux. De telles femmes sont trop rares pour plaire à tout le monde.

— Rien de plus vrai.

— Asseyez-vous, ici, nous pouvons parler tranquilles... Je tiens à mettre les choses au point avec vous, d'homme à homme. Nous allons croiser quelques semaines dans nos Antilles, histoire de montrer à nos voisins espagnols de Cuba la longueur de nos nouveaux canons. Ne vous attendez pas à toucher la France avant longtemps.

Saint-Roc ébaucha un sourire :

— Tout le plaisir sera pour moi, mon commandant.

— D'ici là, vous serez libre d'aller et venir à mon bord, ainsi que sur les terres que nous toucherons... Seulement, donnez-moi votre parole d'officier que je serai en mesure de vous présenter à la compagnie disciplinaire de Saint-Malo.

Et comme Saint-Roc levait déjà la main pour sceller sa promesse :

— Non, attendez. Vous devez d'abord savoir ce qui vous attend...

On pouvait lire une grande indignation dans le regard du contre-amiral :

— C'est la cour martiale, capitaine ! La chienlit de Saint-

Pierre veut votre peau et la République veut des exemples. Déjà, deux officiers attendent d'être fusillés. Quand le pouvoir se sent menacé, il devient féroce.

Il prit une longue bouffée d'air :

— Sachez enfin que le gouverneur m'a demandé de transmettre un nouveau rapport vous concernant. Je viens de le lire. Il est accablant.

Saint-Roc accusa le coup sans laisser paraître.

— Désolé, capitaine. Sincèrement ! Voilà, vous savez tout. Voulez-vous toujours me donner votre parole d'officier ?

— Vous l'avez, mon commandant... Et merci de votre confiance !

Comme ils s'apprêtaient à quitter le fumoir :

— Mais qui est donc ce Neel Auguste, nom de Dieu ?

— Le protégé de mon épouse. A propos, mon commandant, je tiens beaucoup à ce qu'elle ignore tout ceci jusqu'à notre arrivée à Saint-Malo.

— Vous pouvez compter sur moi.

Karmadec retint une grimace qui fit s'esclaffer son hôte. La décoction d'herbes que lui avait servie le vieil érudit était amère et râpait la langue.

— La seconde gorgée passe mieux, vous verrez.

Etcheverry expliqua que c'était autrefois l'unique tisane qui existait à Saint-Pierre.

— Ça pousse comme du chiendent, ce machin-là !

Mais il déplorait que depuis l'après-guerre, le « thé sauvage », comme on l'appelait, ait disparu au profit de « trucs en sachet ».

— Savez-vous, jeune homme ? Je suis le seul à avoir tenu bon devant l'envahisseur étranger. C'est une de mes petites coquetteries.

Et d'ailleurs, poursuivit-il, pourquoi ne pas imaginer que Solange et Neel étaient justement devant deux bols fumants de « thé sauvage » lorsque Saint-Roc revint de chez le gouverneur, ce jour-là, en fin d'après-midi ?

En chemin, le capitaine avait vu un nouvel avis placardé un

peu partout, jusque sur la porte du fortin : le 9 octobre prochain, à l'aube, disait l'affichette, le condamné à mort Neel Auguste serait exécuté en place publique.

Il trouva Neel et Solange assis sur les dernières marches de l'escalier qui conduisait du rempart à leur petite serre, leur petit monde à eux, consacré aux fleurs, et qui sentait bon. A les voir — ils buvaient leur boisson brûlante à petites gorgées —, il était certain qu'ils ignoraient encore que la foudre venait de s'abattre sur eux trois.

— Viens, dit Saint-Roc à Solange, j'ai à te parler.

Comme elle semblait frêle à côté de Neel… Elle avait pâli. Le condamné lui adressa un regard d'encouragement. Pressentait-il la gravité de ce que Saint-Roc avait à dire ?

Dans leur salon, elle s'assit bien droite sur une chaise, les mains posées à plat sur ses genoux.

— Je t'écoute.

Saint-Roc hésitait : non, il ne se sentait pas la force de lui annoncer que Neel allait être bientôt guillotiné.

— Le bateau de guerre, c'était pour moi, dit-il seulement. Je suis relevé, on m'attend à Paris.

Les doigts de Solange se crispèrent sur sa jupe.

— Oh ! non, ce n'est pas possible !

— Nous partons demain soir.

— Demain soir ?

Elle respira profondément, puis bloqua ses poumons quelques instants, pour calmer l'emballement de son cœur.

— Que risques-tu ? demanda-t-elle enfin.

Saint-Roc voyait combien elle faisait d'efforts pour garder la maîtrise d'elle-même.

— Pas une promotion, en tout cas.

— Dis-moi la vérité.

— La vérité, c'est qu'on verra bien.

— Je viens avec toi.

— Je m'en doutais.

Dans la pire hypothèse, se disait-il, il aurait tout le temps de la préparer ; le voyage jusqu'à Saint-Malo serait bien assez long.

Mais Neel ? Se résignerait-elle à l'abandonner ? D'ailleurs, voilà que Solange demandait :

— Et Neel ? Est-ce que… ?

Elle ne put terminer sa phrase que déjà, le visage enfoui entre ses genoux, elle pleurait, et ses sanglots désespérés firent monter des larmes aux yeux de Saint-Roc.

Avaient-ils un endroit où aller, en France ? s'inquiéta Neel. De la famille ? Où serait muté le capitaine ?

Solange le rassura, même sur le dernier point. Elle ne lui dit pas que Saint-Roc allait être jugé devant la cour martiale. Ce n'était pas la peine. On avait seulement demandé à son mari de quitter l'archipel. Sa prochaine affectation restait à déterminer. Il fallait s'en tenir là.

— C'est ma faute, madame La.

— Ne dites pas une chose pareille.

— J'aurais pas dû…

— Pas dû quoi ?

— Pas dû dire « oui », quand vous m'avez demandé d'vous aider, avec les fleurs.

Solange lui releva le menton pour l'obliger à la regarder :

— Je ne regrette rien, vous m'entendez ? Rien.

— Fallait pas prendre de risques pour quelqu'un déjà mort, madame La.

— Taisez-vous !

Neel se leva.

— J'vous laisse. Vous devez avoir à faire avant votre départ.

— Adieu, Neel.

Et, comme la lèvre inférieure de Solange s'était mise à trembler :

— Vous en faites pas, madame La, c'est mieux comme ça. Vous savez ? Ça me reposera de mourir…

— Mais vous n'allez pas mourir, Neel, pourquoi dites-vous cela ?

— J'ai vu l'avis, pendant que vous étiez là-haut… Même que j'ai réussi à le déchiffrer tout seul !

Il semblait presque fier.

Solange paniqua :

— De quel avis parlez-vous ?

— De celui à la population : on va me tuer, lundi matin.

Sans avoir eu le temps de réfléchir, Solange avait jeté ses bras autour du large cou de Neel. Elle le serra fort, longtemps. Ses pieds touchaient à peine le sol.

Le condamné sentit une onde de bonheur le parcourir tout entier.

— Merci, madame La, dit-il en la détachant doucement de lui. Merci pour ce que vous venez de faire.

Il la regarda avec beaucoup de sensibilité :

— Faut profiter d'votre jeunesse, madame La. Saint-Pierre, c'est pas un endroit pour quelqu'un comme vous. Vous êtes comme nos fleurs, madame La, il vous faut d'la lumière…

Il n'en avait jamais autant dit. Il enleva son tablier de jardinage et le posa sur un manche de pioche. Puis se racla la gorge :

— Dites juste à Léontine que je ne veux pas la revoir, on se ferait trop de mal. Faut lui dire que je l'aime, que j'aime le bébé aussi, mais que…

— Mais que quoi ?

— Mais que rien.

Des larmes silencieuses coulaient sur les joues de Solange.

— Faut me laisser seul, maintenant. Y aura juste à venir me chercher quand ce sera le moment.

Et il marcha sans se retourner jusqu'à sa cellule dont il referma la porte sans bruit.

C'était bien le pas du cheval de Saint-Roc. Neel fut soulagé d'entendre que le capitaine était de retour. Quelle heure pouvait-il être ? Minuit ? Deux heures du matin ? Neel s'était fait du souci pour Solange ; le capitaine n'aurait pas dû la laisser seule si longtemps.

Il avait guetté la bougie qui ouatait la chambre d'une lumière vacillante, jusqu'à ce qu'elle s'éteigne, d'elle-même avait-il semblé. Solange avait dû s'endormir et c'était tant mieux.

Saint-Roc avait le cœur serré en mettant sa monture trempée de sueur au box. Mais il n'avait pas pu retenir le besoin de galoper une dernière fois, droit devant lui, sans entraves, à la lueur de la lune.

Il se dirigea à tâtons jusqu'à leur chambre à coucher : deux gros fauteuils au milieu du salon, l'écueil du chevalet que Solange laissait toujours traîner n'importe où, à part ccla, rien contre quoi on puisse buter. Il se déshabilla en silence, posa ses vêtements en vrac sur le serviteur muet, et se glissa dans les draps.

— Je suis dans la mer Rouge.

— Qu'est-ce que tu racontes ?

— C'est trop salé.

Solange marmonnait plus qu'elle ne parlait.

— Tu dors, ou quoi ?

Il lui arrivait de dire quelques mots, parfois des phrases entières, pendant son sommeil. Saint-Roc sourit et se pencha vers elle pour l'embrasser.

Elle avait le souffle court, brûlant. Ses joues, rendues plus douces encore par la fièvre, irradiaient.

— Tu ne te sens pas bien ? lui demanda Saint-Roc, alarmé.

Solange avait déliré toute la nuit. La fièvre baissait et remontait, au gré des compresses que Saint-Roc lui posait sur le front.

Elle était encore très faible, le lendemain, au coucher du soleil, lorsqu'il la conduisit au port, en amazone sur la selle de son cheval. Leurs malles les avaient précédés. D'ailleurs, ils emportaient peu de choses. Ils laissaient presque tout à la paroisse des frères de Ploërmel.

Ils tombèrent nez à nez avec la calèche du gouverneur, stationnée devant chez Elissalt, un pêcheur dont le fils aîné, trop malingre pour la mer, excellait dans la confection de maquettes. La porte s'ouvrit sur d'Emeray de Charmoy et ses gros jumeaux, qui tenaient chacun sous le bras une réplique en bois du cuirassé *Jauréguiberry*.

Le gouverneur cessa de rire sitôt qu'il aperçut Saint-Roc.

— Je suis heureux de voir, monsieur, lui dit celui-ci, que pour certains au moins aujourd'hui est jour de fête.

— Oh ! oui, monsieur le capitaine ! fit l'un des jumeaux. Papa nous avait promis que nos bateaux seraient prêts pour l'arrivée du *Jauréguiberry*. Il en avait donné une reproduction à M. Elissalt.

— Et papa tient toujours ses promesses ! renchérit le second.

— Je le sais bien, dit Saint-Roc en fixant d'Emeray de Charmoy dans les yeux.

Pressé d'en finir, le gouverneur poussa ses garçons dans la voiture, y grimpa à son tour et claqua la portière.

Saint-Roc descendit de cheval et passa la tête par la fenêtre :

— Observez bien votre papa, les enfants, vous apprendrez beaucoup à son exemple.

Les jumeaux se blottirent fièrement contre leur père avec de grands sourires.

Le port du Barachois était plein de monde. La lumière du couchant adoucissait un peu la colère et la tristesse des visages. Mlle Barbotte se détacha de la foule, un paquet à la main.

— Je vous ai fait des sablés, pour le voyage.

— Merci, dit Solange.

La petit femme se dressa sur la pointe des pieds :

— Pour Neel, ne vous inquiétez pas, chuchota-t-elle. Sa tête n'a pas encore roulé dans le panier.

— Qu'est-ce que vous racontez là, fit Saint-Roc en fronçant les sourcils.

— Le 9 octobre, sur la grand-place, qu'ils ont annoncé, continua Mlle Barbotte. Eh ben, le 9 octobre, ils l'auront, leur émeute. On verra bien s'ils osent nous tirer dessus !

— Ne faites pas de bêtises, je vous en prie ! implora Solange.

— Neel n'aimerait pas ça, ajouta Saint-Roc.

Mais déjà, son remplaçant, le capitaine Dumontier, faisait signe de sonner les trompettes ; il fallait s'avancer sur la digue, passer dignement, sans paraître les voir, devant les soldats du régiment, statufiés, mentons levés, bras le long du corps, mais aux regards empreints de regret.

Arrivé au bout du quai, où attendait la chaloupe du *Jauréguiberry*, Saint-Roc sauta au bas de son cheval. Il fit descendre Solange, et remit la bride de sa monture à l'adjudant Milot.

— Il est à toi.

Milot fut si abasourdi qu'il ne remercia pas.

— Mais fais bien attention, Milot, plaisanta-t-il, c'est un cheval qui n'aime pas beaucoup les ivrognes. Alors calme-toi un peu sur la bouteille.

Ils se serrèrent la main avec affection, se retenant pour ne pas se tomber dans les bras.

— Les dix années que j'ai passées à votre service, mon capitaine, auront été les plus heureuses de ma vie !

Puis, baissant la voix :

— J'avais parié avec Gustave que les conseillers n'oseraient pas montrer le bout de leur nez. J'ai gagné !

Ni le gouverneur, ni Espinasse, en effet, pas plus que Vénot ou le petit douanier, n'étaient venus faire leurs adieux au *Jauréguiberry*, contrairement à ce que voulait la règle.

Ce n'est que lorsque la chaloupe s'éloigna à la rame, emportant Solange et Saint-Roc, que la foule éclata enfin : on criait, on agitait son bonnet, sa casquette, son mouchoir.

Une voix couvrit les autres :

— On vous aime, madame La ! Revenez vite !

— Tu entends, Roc, ils nous croient partis en vacances, dit Solange.

— Ce n'est pas si faux, puisque nous allons passer quelques semaines à Fort-de-France. Tu vois, nous allons enfin le faire, notre voyage de noces ! dit Saint-Roc en la serrant tendrement contre lui.

Les quatre conseillers, raconta le vieil érudit à Karmadec, avaient décidé de ne pas tenter le diable avec une exécution publique. Mieux valait agir en cachette de la population, la mettre devant le fait accompli. On avait annoncé le 9 octobre, eh bien, le supplice eut lieu le soir même, au cours de la nuit !

Neel fut réveillé peu après la troisième heure. Il ne fut pas long à être prêt.

Il mit sa cellule en ordre, balaya le sol de terre battue et plia soigneusement sa couverture.

Vénot, le greffier Sigrist, le gendarme Danglas qui venait pour la toilette du condamné et le père Malibonsse le trouvèrent assis sur son lit. Il s'était lavé et rasé, et portait sa chemise blanche du dimanche dont il avait lui-même découpé le col : la profonde échancrure dévoilait le large cou jusqu'au départ des épaules.

— On peut y aller, s'il vous plaît ? demanda-t-il avant que les autres n'eussent prononcé un mot.

Mais il fallait d'abord que l'aumônier lui donne les secours de la religion.

On les laissa seuls dix minutes.

Puis Neel avala le bol de soupe que lui tendait Danglas. Et il accepta le bout de chique qui devait être le dernier goût qu'il conserverait de son séjour sur terre.

A quatre heures dix, la charrette s'ébranla. Par mesure de discrétion, on l'avait recouverte d'une bâche. L'attelage prit au plus court, par les rues Truguet et Gervais, pour gagner le hangar où se dressait la veuve.

Au pôle, durant l'été, la nuit compte pour presque rien. Il faisait déjà jour et la journée promettait d'être belle. Les oiseaux chantaient et le soleil pénétrait dans l'entrepôt par toutes les brèches qu'il pouvait trouver.

— Tu as ton couteau à découper la morue, Le Floc'h ?

— Oui, m'sieur le chef des douanes.

Rive et Vénot, que sa fonction obligeait à assister au supplice, étaient les seuls représentants du Conseil. D'Emeray de Charmoy n'avait pas voulu venir — il avait horreur du sang, et puis c'était beaucoup trop tôt pour lui —, pas plus qu'Espinasse, qui jugeait plus respectable de prétendre en avoir horreur. Il se ferait raconter ; la saveur n'en serait que plus subtile.

— Tu as bien compris ? Si la tête reste attachée par la peau, tu coupes proprement. Ne va pas nous saloper ça !

— Oui, m'sieur le chef des douanes.

Le bourreau était terrifié.

— Ça sera vite passé, lui dit Neel qui avait tout entendu parce que le petit douanier ne s'était pas donné la peine de baisser la voix.

Et il embrassa le crucifix que lui présenta le père Malibonsse.

Poser le pied sur la première marche de l'échafaud fut le plus dur, surtout qu'il fallait pour cela enjamber le cercueil de planches brutes, dont le couvercle reposait à côté, de guingois.

La boîte semblait bien étroite pour les épaules de Neel.

— Et la panetière pour le transport du corps ? demanda Vénot au chef douanier. Elle est réglementaire, vous le savez bien.

— C'est la faute de Paris, monsieur le président. Ils ont oublié de l'adjoindre au matériel.

— Et alors ? C'est vous qui étiez chargé de la vérification. En six mois, vous aviez bien le temps d'en faire fabriquer une, non ? L'île est couverte de joncs, et les mains habiles ne manquent pas.

— J'y ai pensé, monsieur le président, mais je me suis dit que comme cette panetière-là n'allait servir que quelques minutes, le temps de transbahuter le cadavre dans son…

— Vous auriez pu lui éviter ça, tout de même, l'interrompit sèchement Vénot. Il y a assez de place ici pour ne pas coller au condamné son cercueil sous le nez, non ?

— Ça lui fait une leçon.

Vénot regarda le petit douanier avec incrédulité, puis haussa les épaules de mépris.

Neel plaqua lui-même son corps contre la bascule :

— Comme ça ?

Le bourreau ne bougeait pas, les doigts crispés sur la corde qu'il devrait lâcher quand on lui en donnerait l'ordre, et qui laisserait filer la grande lame oblique sur ses rails, car il n'y avait pas de déclic : c'était une machine d'un vieux modèle ; elle avait fonctionné dans les débuts de la Terreur, la légende voulait même qu'elle ait eu l'honneur, avant d'être expédiée aux Antilles, de trancher le cou de la reine Marie-Antoinette, pas moins.

Vénot ne se souvenait plus bien : le condamné devait-il être allongé sur le dos ou sur le ventre ? Sur le dos, il voyait le couperet, sur le ventre, la caisse dans laquelle tomberait sa tête. Ces messieurs de Paris auraient pu leur fournir un manuel explicatif, tout de même !

— Faites comme bon vous semble.

— Je dors toujours sur le dos, dit Neel.

— Ne restez pas planté comme ça, Danglas. Allez l'aider ! ordonna le président du Conseil.

Le gendarme monta attacher le condamné sur la planche. Avant qu'il ne lui sangle les épaules, Neel alla cracher sa chique dans la caisse à demi remplie de paille qui boirait bientôt son sang.

Sur un signe de Vénot, Le Floc'h avança une main tremblante vers la manette de commande : la planche bascula et Neel se retrouva en position horizontale ; il sentit toute la sève de ses membres affluer à son cerveau. Puis le bourreau lâcha la corde de la lunette, sans être tout à fait sûr que ce fût la bonne, et celle-ci se rabattit sur le cou de Neel.

— Surtout, ne me rate pas, Le Floc'h, murmura-t-il.

— Larguez ! cria Vénot.

Il avait inconsciemment employé un terme marin, si bien que Neel ferma les yeux et se laissa emporter.

« Larguez » : ce simple mot eut le pouvoir d'effacer un instant la réalité ; Neel était sur le pont d'un bateau, il obéissait à l'ordre, défaisait l'écoute du taquet et la laissait filer entre ses mains…

Rien ne vint.

— J'peux pas, m'sieur, bredouillait Le Floc'h. J'peux pas.

— Lâchez cette corde, je vous dis !

Le couperet glissa dans la rainure des montants… et resta coincé à mi-course.

Vénot était hors de lui :

— Ne me dites pas que vous ne l'avez pas huilée ! Non, mais ce n'est pas possible, un jean-foutre pareil !

— Désolé.

— Qu'est-ce que vous attendez encore ? Allez chercher une burette !

— C'est qu'j'en ai pas.

— Demandez à votre femme, elle a bien du saindoux, que diable !

— Jeannette !

Une demi-heure plus tard, le couperet s'abattait sur le cou de Neel. Mais il était si mal aiguisé qu'il fallut se servir du couteau à morue pour trancher la peau et les tendons qui retenaient la tête au corps.

Comme le bourreau était occupé à vomir, et que personne ne voulait se charger de la besogne, on fit appeler le docteur Calmette, qui termina le travail proprement…

Etcheverry était asthmatique, il ne supportait pas la fumée de cigarette. Karmadec n'y tenait plus : il demanda à son hôte la permission de sortir sur le perron. Les quelques bouffées qu'il inhala n'avaient pas bon goût ; il retourna vite écouter la fin de l'histoire.

— Qu'ont fait les gens de Saint-Pierre quand ils ont su qu'on les avait floués ?

— Ils ont ressenti ça comme une traîtrise. Ils n'avaient rien pu tenter de tout ce qu'ils avaient pensé faire. La frustration, la colère, le dépit, la haine contre ces notables qui avaient tué leur héros ont fini par exploser sous la forme d'une grève. D'une grève générale. Qui a duré deux mois. C'était un peu comme une minute de silence qu'ils offraient à la mémoire de Neel…

— J'imaginais un affrontement plus direct.

— C'était beaucoup, vous savez. Deux mois ! Et puis ils ont eu faim, et ils ont repris le travail. Mais ils n'oubliaient pas. Le gouverneur d'Emeray de Charmoy a fini par se sentir menacé au point de demander à être muté, sous prétexte que le climat de l'île ne convenait pas à sa petite santé. Espinasse et le chef douanier ont rapidement suivi son exemple. Cela faisait beaucoup de gens auxquels ne réussissait pas le climat de Saint-Pierre, mais Paris n'a fait aucune objection ; l'écho de l'affaire Neel et de ses rebondissements était parvenu jusqu'à la capitale.

— Et le bourreau ?

— Le Floc'h a disparu, un mois après l'exécution. A en croire sa femme, il aurait été assassiné, par vengeance, bien sûr, et le corps jeté aux poissons. Il semble, en vérité, qu'elle ne pouvait admettre que le bonhomme les ait abandonnés à leur triste sort, purement et simplement, son enfant et elle… Restait Vénot. Il n'a pas quitté l'archipel, il a conservé son poste. Mais il s'est mis à écrire à des dizaines d'avocats de la métropole, et il s'est si bien démené qu'il a fini par dénicher un volontaire, maître Le Du, de Brest, pour qu'il y ait à nouveau à Saint-Pierre un avocat digne de ce nom. Est-ce la culpabilité qui le rongeait ? Pendant son procès, Neel n'avait pas bénéficié d'un vrai défenseur, peut-être qu'il regrettait aussi la façon dont il avait appuyé le renvoi de Saint-Roc, sans lui donner une chance… J'ai retrouvé une partie de sa correspondance, c'est assez ambigu. Toujours est-il que jusqu'à sa mort — et il a été sincèrement pleuré —, le magistrat s'est appliqué, avec l'aide du nouvel avocat de Saint-Pierre, à ce qu'une justice équitable règne enfin sur l'archipel.

— Qu'est devenu Saint-Roc ? demanda Karmadec.

— Je gardais le plus triste pour la fin. Saint-Roc a été jugé et fusillé, comme on pouvait s'y attendre. Mais Solange est revenue s'établir à Saint-Pierre, quelques années plus tard.

— Comme c'est étrange…

— Etrange ? Non, je ne trouve pas. Avec le peu d'argent qu'elle avait, elle a retapé une maison de l'Ile aux Chiens, vous l'avez peut-être vue, elle existe toujours, c'est la seule qui ait des murs à colombages.

— Oui, il me semble…

— Et elle en a fait une sorte de phalanstère, un mélange d'école, d'orphelinat, d'asile pour les indigents. Vous savez, elle avait beaucoup lu Rousseau, et c'était une femme de cœur. Jusqu'au bout elle a porté le deuil de son mari. Elle a fait beaucoup de bien autour d'elle, et puis elle est morte, je ne dirais pas de sa belle mort, car elle avait à peine quarante ans, mais comment dire… avec le sentiment au moins d'avoir accompli quelque chose. Et ce n'était pas rien. Même si l'institution qu'elle avait créée ne lui a pas survécu. Je me bats en ce moment avec notre conseil municipal pour qu'une rue de la ville porte son nom.

Les deux hommes restèrent quelques instants silencieux, plongés chacun dans leurs pensées. Puis Karmadec se leva pour prendre congé.

— Merci de m'avoir accordé votre soirée, monsieur Etcheverry.

Etcheverry lui tendit la main :

— Ce fut un plaisir, monsieur… ? Je ne crois pas avoir retenu votre nom.

— François Karmadec.

— Karmadec ? Mais nous avons eu un Karmadec, à Saint-Pierre.

— Je sais. C'était d'ailleurs le motif de ma visite. Mais l'histoire de Neel me l'a fait un peu oublier.

— Qui êtes-vous, par rapport à ce Karmadec-là ?

— Son arrière-arrière-petit-fils.

Etcheverry observa son invité, en penchant un peu la tête, comme pour mieux l'étudier.

— Donnez-moi encore une minute, voulez-vous. J'ai là-haut quelque chose qui va vous intéresser.

Etcheverry se dirigea vers l'escalier avec une légèreté surprenante. « Comme un enfant qui veut montrer ses jouets à un nouveau camarade », songea Karmadec.

Il entendit le vieil homme marcher à l'étage du dessus, puis ouvrir un tiroir.

Un instant plus tard, Etcheverry redescendait avec une boîte en carton. Il repoussa les assiettes vides, pour faire de la place sur la table où ils avaient dîné, et posa là son trésor avec un air mystérieux. La boîte était pleine de vieux documents.

— Alors, alors… Non, ce n'est pas ça… Ah, voilà ! s'exclama-t-il.

Et il sortit d'une enveloppe un tirage photographique qu'il tendit à Karmadec.

On y voyait une tête d'homme, très sombre : une tête momifiée, posée sur un drap blanc. La bouche était entrouverte, comme pour inspirer une dernière bouffée d'air. Les paupières bâillaient aussi, avec de longs cils qui paraissaient englués dans le vernis dont la peau entière semblait avoir été enduite. Le crâne avait été rasé — avant ou après le décès ? — et la cloison nasale montrait une forte déviation. Cela rappelait les morues empaillées de l'hôtel.

— Je suppose que ce décapité, c'est Neel ?

— Oui. La photo a été prise par le docteur Calmette. J'ai eu un mal fou à me la procurer. Je vais vous en faire une photocopie. Si, si, je vous assure, ça me fait plaisir… Comme ça, vous emporterez un souvenir. Et puis, je ne vous ai pas encore tout dit… Je crois qu'il est temps de passer à une boisson plus forte que notre herbe sauvage.

Et il se mit en quête de verres et d'une bouteille de cognac. Karmadec reposa son anorak et se rassit.

Le lendemain de l'exécution, une séance extraordinaire s'était tenue au café du Nord. Elle ne comptait pas plus d'une vingtaine de participants : les marins qui avaient aidé Neel à remorquer la veuve et lui avaient fait don de leurs salaires, ainsi que quelques amis.

Mlle Barbotte, campée au milieu de la salle, agitait comme toujours son torchon :

— Ecoutez-moi bien, vous autres…

Sous les tables, les gros souliers des marins s'immobilisèrent, chacun reposa son verre, et l'on n'entendit plus que le murmure de l'océan.

Mlle Barbotte passa lentement en revue les visages attentifs tournés vers elle ; plusieurs étaient encore gonflés d'avoir pleuré.

— On n'a pas pu empêcher que ces lâches coupent la tête de Neel… On n'a pas pu empêcher ça, poursuivit-elle, mais on ne nous empêchera pas de respecter la mémoire de notre camarade, de notre frère à tous.

Elle marqua un temps :

— Neel m'a remis ses dernières volontés, en présence de Léontine.

Tous suspendirent leur souffle. Une lueur se ranimait dans les yeux des hommes.

— Il m'a dit : « Je m'inquiète pour mon gamin qui va naître. Fils de condamné à mort, c'est pas une vie, ça. »

Un murmure courut dans la salle. Puis on se tut pour entendre la suite.

Mlle Barbotte contrefaisait malgré elle la voix rauque de Neel. Et elle employait la première personne parce que, en cet instant, elle était Neel.

— J'veux pas qu'il entende parler de moi. Jamais ! Faudra pas qu'il reste à Saint-Pierre, ni Léontine et sa fille. Faudra tous les envoyer ailleurs.

Il y avait dans la voix de cette femme une intonation tout à la fois désespérée et résolue, la même qu'avait Neel lorsqu'il lui avait dit tout cela.

— J'veux pas qu'il porte mon nom. Trouvez-lui un autre père !

On se figea : on s'était attendu à beaucoup de choses, mais

certainement pas à ça. Et le prestige qu'avait Neel aux yeux de tous se trouva encore grandi par ce sacrifice : il avait renoncé à se survivre à lui-même.

— Et Léontine, qu'est-ce qu'elle dit ?

— D'après vous ? J'en parlerais pas, si elle n'était pas d'accord. Neel l'a convaincue qu'il fallait un père à son gosse.

Alors les regards de tous ceux qui avaient déjà femme et enfants se portèrent sur les rares célibataires de l'assemblée : dans les îles à morues, il y en a peu qui passent leur vingt-cinquième année sans s'être présentés devant l'autel.

— Toi, Jeannot Elissalt, dit la tenancière, c'est pas la peine de faire cette tête-là. On te demande rien, t'es pas visé. T'as pas la carrure. D'ailleurs, tu devrais même pas être ici.

Du coup, le jeune homme parut vexé :

— J'accompagne mon frère, j'ai bien l'droit ! Et puis, qu'est-ce que j'ai de moins qu'un autre ? D'accord, j'suis pas assez costaud pour prendre la mer, mais j'ai une tête qui fonctionne bien.

— T'as pactisé avec l'ennemi, répondit Mlle Barbotte.

En fait, elle avait de la tendresse pour le jeune homme, mais c'était l'occasion de lui dire ses vérités.

— Moi ?

— Et les maquettes que t'as faites pour les jumeaux du gouverneur, hein ?

— On peut pas refuser de l'ouvrage !

— Justement, si. A partir d'aujourd'hui, on n'a plus rien à faire avec ces pouilleux de la haute. J'espère que vous êtes tous d'accord !

— Oui, approuvèrent les marins d'une seule voix.

— Et toi, Malo, t'es prêt à faire ça pour Neel ? lança-t-elle à un grand type aux joues couperosées, veuf de l'hiver.

— C'est que… commença celui-ci, mal à l'aise.

— Qu'est-ce que t'as, à remuer comme ça ? T'es un homme, dis ce que t'as à dire.

Malo Petitbon se leva : le rouge de ses joues s'étendit à tout son visage.

— C'est que je vais me fiancer, voilà, annonça-t-il d'une traite.

— Avec qui ? On peut savoir ?

— Allez ! Dis-le-nous.

— Avec Fiselle, murmura-t-il, trop bas pour être entendu de tous.

— Avec la Fiselle ! Vous entendez, vous autres ? reprit la tenancière en criant presque. Malo Petitbon se fiance avec Fiselle Leroy !

Un type énorme et barbu, aux sourcils épais, frappa très fort du poing contre la table. Il semblait furieux :

— Qu'est-ce que j'entends ? rugit-il. Ma Fiselle avec Malo Petitbon ?

Le prétendant ne savait où se mettre.

— Pardon, Joseph, balbutia-t-il. On allait te le dire d'ici quelques jours, mais…

— Mais, quoi ? tonna l'autre. Allez, viens un peu par ici, toi.

Le père Leroy faisait une tête terrible. Mais, au dernier moment, le colosse ouvrit grands ses bras et attira l'autre contre son cœur :

— Viens, que je t'embrasse ! s'exclama-t-il.

Une fois que l'éclat de rire général se fut apaisé, Mlle Barbotte poursuivit son tour de table :

— Et toi, Clovis ?

Le Clovis en question était un homme déjà mûr, aux yeux doux, qui portait des lunettes.

— Je ne peux pas, mademoiselle Barbotte, dit-il calmement.

— Pourquoi que tu pourrais pas ?

— Je… Je ne l'ai jamais dit, mais je suis déjà marié. J'ai laissé une femme et quatre bouches au pays.

A ce moment-là, une voix s'éleva du fond de la salle — de la fenêtre ouverte, plus exactement —, qui disait :

— Moi, je veux bien.

L'homme fit le tour et entra dans le café, un sac à boëte sur l'épaule. Il avait l'iris d'un bleu très délavé, comme souvent les Bretons, et une courte barbe sombre. On ne le connaissait que de vue, on ne savait pas son nom. Il était arrivé à Miquelon, l'île voisine, à l'automne dernier, et ne venait que rarement à Saint-Pierre.

— Permettez ? demanda-t-il.

Personne ne répondit.

— Je fumais ma pipe sur le petit banc, dehors. J'ai tout entendu…

Il posa son sac à ses pieds et ajouta :

— Si la Léontine veut bien de moi, j'saurai lui donner une vie décente. A elle et à ses gosses.

— Tu donnerais ton nom à un enfant de guillotiné ? demanda Mlle Barbotte.

— Un marmot, c'est un marmot, non ? Plus tard, j'pourrais l'envoyer à ma mère. Je l'ai laissée seule au pays. Ça lui fera plaisir de l'élever.

L'homme avait une bonne voix, des manières franches. Mlle Barbotte n'hésita pas longtemps : elle ne savait pas s'il plairait à Léontine, mais à elle en tout cas, il lui plaisait.

Dans l'avion du retour, un Hawhker-Siddeley dont le hublot ouvrait sur un brouillard de coton lumineux, Karmadec contemplait la photocopie que lui avait offerte le vieil érudit. C'était vrai qu'il y avait une certaine ressemblance…

A vrai dire, pendant toute la dernière journée qu'il avait passée à Saint-Pierre, il n'avait rien fait d'autre que regarder cette image et songer à ce qu'il avait appris. Loïc Karmadec avait recueilli le fils de Neel, et c'était de celui-ci qu'il descendait.

Au dos de la photocopie, Etcheverry avait retranscrit en style télégraphique le contenu d'une fiche de ses archives personnelles.

Karmadec avait dû chausser ses lunettes pour déchiffrer les pattes de mouche du vieil homme :

Epilogue affaire Neel Auguste — Léontine Malvilain épouse Loïc Karmadec en oct. 1888. Loïc K. noyé en mer nov. 91.

Léontine et enfants rapatriés dans famille paternelle (Ploubazlanec, Côtes du Nord)...

Le fils de Neel portait le joli prénom de Destin. C'était cet arrière-grand-père qu'il ne connaissait jusque-là que par la photographie naïvement coloriée à la main qui était accrochée entre deux lits-clos dans la vieille maison familiale où il passait autrefois ses vacances...

Karmadec se sentit fier, très fier d'avoir Neel pour ancêtre.

Cet ouvrage a été réalisé par la
SOCIÉTÉ NOUVELLE FIRMIN-DIDOT
Mesnil-sur-l'Estrée
pour le compte des Éditions Fleuve Noir
en janvier 2000

FLEUVE NOIR - 12, avenue d'Italie
75627 PARIS - CEDEX 13.
Tél : 01.44.16.05.00

Imprimé en France
Dépôt légal : janvier 2000
N° d'impression : 48944